폭우 속의 우주

청예

장편소설

폭우 속의 우주

팩토리나인

차례

0

판도라는 어떤 심정이었을까.

절대 열지 말라던 상자를 군이 열고야 말았던 그녀의 마음을 이해할 수 있다. 원래 하지 말라고 하면 더 하고 싶어지니까. 정말로 열어선 안 되는 상자였다면 처음부터 주지 말아야 하는 거 아니야? 더군다나 열지 말라 해놓고선 바닥에 희망을 숨겨두는 것은 또 무슨 장난일까. 결국 희망을 찾으려면 상자를 열어야만 한다니. 세상에 재앙을 불러왔을지언정 판도라가 스스로 상자를 열었기에 인류는 신으로부터 하사받은 희망을 얻을 수 있었다.

그러니 내가 이 상자에 손을 대려는 것도 당연한 마음이다. 예리는 내가 이 공간의 주인이니 궁금하다면 어떤 물건이든 마음껏 만져도 괜찮다고 했다. 하지만 이 상자는 처음 보는 물건이고 어딘가 불길해 보이기까지 했다. 그럼에도 아랑곳 않고 빨간 공단 리본을 풀고 드러난 비닐 포장재를 다시 벗겼다. 마지막으로 두꺼운 테이핑에 칼집을 내어 뜯었다.

작은 상자 안에는 무엇이 있을까. 재앙이 찾아오더라도 괜찮아. 고난 끝에 찾아올 희망을 믿는다. 호흡을 가다듬고 조심히 상자를 열었다. 판도라의 마음으로.

"뭐야? 이게 내 재앙이고 희망이야?"

들어있는 건 사진 한 장과 실팔찌였다. 혹시나 싶어 상자 밑바닥을 손으로 박박 긁어 봤지만 숨겨진 장치 따윈 없었다. 이게 뭐람. 판도라 일화까지 떠올린 것치고는 싱거웠다. 혼자 심각하게 군 게 창피했다.

"둘 다 내 것이 아닌데?"

사진 속 인물은 익숙한 사람이었다. 수채화 물감으로 조심스레 그린 듯 옅고 아름답게 번진 눈동자, 완만하지만 멋대로 퍼지지 않은 얼굴선. 내게 각별한 이 얼굴을 모를 리가 없다. 이 사람은…… 나의 직장 동료 선우였다. 직장 동료에게 그리움을 느끼다니, 참으로 어처구니없는 마음이었다. K-직장인, 드디어 미친 거 아닐까라는 생각이 들었지만 계속해서 사진을 훑었다. 그의 콧대가 매끄럽다거나 귀 모양이 둥글고 제법 귀엽다는 사실을 처음 깨달은 양 굴어보았다. 나 자신이 조금은 징그럽게 느껴졌다.

그런데 내가 선우의 사진을 찍은 적이 있던가? 알 수 없는 기시감에 휩싸였다. 낯선 사진이 불러온 낯설지 않은 감정이 혼란스러웠다. 행복하거나 기쁘다는 느낌 대신 오히려 사진을 계속 바라볼수록 마음 한 편이 시큰해졌다.

그때 예고 없이 방문이 열렸다.

"아침 준비해놨어."

또래로 보이는 저 여자의 이름은 구예리고, 내 쌍둥이 동생이다. 방문을 열기 전 노크를 하지 않았다고 내게 노발대발 화를 내더만 정작 자기는 내 방문을 벌컥벌컥 여는구나. 이 세상 모든 자매들은 내로남불을 즐기는 법이지.

"상자를 열어봤구나."

"네가 놔둔 거야?"

"아니. 거기 있는 물건은 다 언니 몫이야."

"이 사진은 선우고, 실팔찌는 네 거잖아. 나랑은 상관없는 물건이야."

"자기랑 상관없다는 변명은 지겨워. 내 옷도 입은 적 없다고 했으면서 몰래몰래 꺼내 입고서는 양념을 묻혀왔잖아. 그러고는 자기랑 상관없는 일이라고 했지. 상습범."

"너만 할까."

과거부터 예리는 내 세상에서 괴짜였다. 사실 괴짜 정도면 좋게 말해준 거고, 좀 더 단도직입적으로 말하자면 싫은 애였다. 우리는 똑같은 얼굴과 걸맞지 않게 극명히 다른 성향을 가졌다. 만약 우리에게 눈이 녹으면 무엇이 되냐는 물음을 던진다면, 난 당연히 '물'이라 대답할 것이고 예리는 '봄'이라 대답할 거다. 우리는 통하는 게 없는 쌍둥이 실패작이었다. 절대 닮지 않은, 완전한 별개의 존재였으니.

"밥 차려놨으니까 부엌으로 나와."

"메뉴 뭔데?"

"나와서 봐."

침대 옆에 준비된 슬리퍼를 신고 순순히 부엌으로 나갔다. 식탁에는 계란말이와 된장국을 메인으로 찬이 몇 개 놓여있다. 우리는 마주 보고 앉아 수저를 들었다. 그런데 아무리 봐도 우리 집이라기엔 낯설었다. 오른손으로 쥔 쇠젓가락도 익숙한 두께가 아니었다. 내 방은 내 방 같지 않았고, 동생은 모르는 사람 같았다. 언제부터 내가 여기에서 살았는지도 모르겠다. 체감상 오늘, 방금 막, 여기에서 어른인 채로 태어난 신생아가 된 느낌이었다.

혹시 어젯밤에 과음을 했고, 술이 덜 깬 걸까.

"야, 구예리. 우리 어제 많이 마셨냐?"

"무슨 소리야. 알코올 쓰레기 주제에."

"쓰레기라고까지 할 필요는 없잖아."

"그럼 알코올 찌질이라고 해줄까?"

"됐어. 입 닫고 밥이나 먹어."

"입 닫고 어떻게 먹어? 멍청이."

예측은 빗나갔다. 나는 술을 잘 못 마시는 사람이었군, 거참 건전하네. 그럼 왜 이 공간에 익숙함을 느끼지 못하는 것이지? 기억 상실은 아니다, 이건 좀 더 다른 차원의 이질감이다. 내 몸 안에 내가 온전히 들어있지 않은 감각이랄까. 그릇이 바뀐 느낌이라고 해야 하나. 설마 청년 치매 그런 건 아니겠지. 갑자기 무서워지잖아! 나쁜 생각은 하지 말자고. 일단은 밥부터 먹어야겠다.

계란말이 하나를 집었다. 입을 크게 벌려 넣으려다 멈췄다.

"에이, 당근 왜 넣었어. 식감이 싫단 말이야."

주홍 조각들을 보자마자 반사적으로 표정이 찌푸려졌다. 동시에 떠올랐다. 난 당근을 싫어하고, 먹기 싫은 건 절대로 먹지 않는다는 고집이 있다. 예리는 나를 힐끔 보고는 다시 밥 한 숟갈을 크게 퍼 입에 물었다. 그녀의 얼굴을 빠르게 살폈는데, 뭔가 이상했다.

마땅히 있어야 할 게 없었다.

"너…… 원래 얼굴이 그렇게 생겼었나?"

"기분 나쁘네. 밥상에서 외모 지적."

"아니, 내가 알던 얼굴이랑 좀 다른데."

"눈 두 개, 코 하나, 입 하나. 언니랑 똑같거든."

"왠지 달라졌단 느낌이 들어. 늘 있던 게 없는 느낌……."

그녀가 쿡쿡거리며 의미심장하게 웃었다. 동그란 얼굴을 한참 쳐다보았으나 내가 무엇을 찾고 있는지 떠올리지 못했다.

"계란말이나 먹어. 여기에선 편식도 고쳐졌을 테니까."

예리는 오이소박이 한 덩이를 입안에 넣었다. 서걱거리는 소리가 살짝 열린 입술 틈 사이로 새어 나왔다. 이상했다. 나는 당근, 예리는 오이. 우리에겐 각자 싫어하는 야채가 있다. 오이소박이를 거침없이 씹어 먹는 너는 내 세상에서 낯설다 못해, 완전한 이방인이었다. 저렇게 생긴 나의 동생이, 저렇게 생긴 야채를 먹을 리가 없는데……. 나는 괜히 그녀 쪽으로 상체를 살짝 기울였다.

"엄마한테 혹시 반찬 투정한다고 한 대 맞았어?"

"뭔 소리야."

"왜 안 먹던 오이를 먹고 그래?"

"말했잖아. 여기에선 편식이 고쳐졌다고."

"그…… 아까부터 나 기분이 좀 이상해서 그런데, 여기 우리 집 맞아?"

예리가 계란말이를 케첩에 푹 찍어 입에 넣고는 나를 빤히 바라보았다.

"우리 집인데 언니가 우리 집이라고 생각하지 않으면 남의 집과 다를 바가 없지."

예리는 밥을 절반밖에 먹지 않았음에도 숟가락을 식탁에 내려놓더니 티슈로 입을 닦았다. 혹시 괜한 걸 물어 밥맛이 떨어진 걸까. 하지만 그녀의 말은 내가 원하던 대답이 아니었다. 오히려 더욱 모호하고, 장난 같은 답이었다. 점점 불안해지기 시작했다. 한번 모든 걸 낯설게 인식하고 나니 알 수 없는 공포가 찾아왔다.

그 마음이 서둘러 의문을 해결하고 싶다는 조급함을 데려왔다. 예리는 물 한 모금으로 입을 헹군 뒤 나를 바라보았다. 웃음기가 없기에 무슨 말이 나올지 긴장됐다.

"상자 속 물건들을 봤을 때 어떤 감정이 들었어?"

"어떤 감정이냐니?"

"그립지?"

불시에 허를 찔린 듯이 뜨끔했다. 선우를 좋아한단 걸 예리에게 말한 적은 없었는데. 어떻게 안 거지. 죽었다 깨어나도 나랑

합이 맞지 않는 동생에게 내가 좋아하는 사람이 생겼고, 그 사람을 그리워한다는 걸 말했을 리가 없는데.

더군다나 상자에는 실팔찌도 있었는데, 그걸 그리워한다는 건 더 말이 안 됐다.

"아까부터 계속 무슨 헛소리야."

결국 따져 묻고 말았다. 조금 더 자세한 상황 설명을 원했다. 부엌의 풍경이 낯선 이유는 나 몰래 이케아에 다녀와 식탁과 의자를 새로 구입했다거나……. 내가 잠든 사이에 벽지와 장판을 몽땅 바꿔버렸다거나……. 어째서 내가 내 집에서 이질감을 느끼는지 납득시켜 달라고.

예리는 당황하는 나를 개의치 않았다. 대신 어깨까지 늘어뜨린 머리를 높게 올려 묶었다.

"이곳에선 말이야, 솔직해져야 해. 최소한 한 번쯤은. 안 그러면 못 나가."

그녀가 식탁에서 일어나더니 곧장 현관문 쪽을 향해 걸어갔다. 단호한 뒷모습을 보자 심장이 뛰기 시작했다. 못 나간다니? 불안감이 증폭됐다. 여긴 내 집이 아닌 게 확실했다. 내가 원래 있어야 하는 공간으로 돌아가고 싶었다. 내 집은, 우리 집은? 그러니까 여기는. 여기는 도대체 어디더라.

"무서운 말 하지 마. 난 나가야겠어."

"안 돼."

조금 전까지 반찬 투정을 추억하던 관계라기엔 지나친 단호함이었다. 예리는 칼로 썬 듯이 깔끔하게 자른 말을 뱉고선 단박에 멀어졌다. 현관문을 환히 열고 한 발짝 밖으로 나가버리니 그녀 뒤로 맑은 아침 풍경이 펼쳐졌다. 적당한 햇살과 청량한 바람이 집 안으로 들어왔다. 그런데도 내 마음에는 불안이 가득 찼다.

따라 나가려고 현관으로 몸을 옮겼다. 바깥을 향해 온 체중을 실어 한 걸음을 크게 디뎠다.

"안 된다니? 헛소리 하지 마. 어?"

왜 이러지.

정확히 현관을 경계로 하여 한 발짝도 나갈 수가 없었다. 멀리까지 발을 뻗어보려 해도 보이지 않는 무언가에 막혀 뻗을 수가 없었다. 투명한 벽, 혹은 막이 있었다. 안간힘을 써 경계를 밀어 보려 했으나 꿈쩍도 하지 않았다. 손을 뻗어 허공을 향해 휘적거릴 때마다 보이지 않는 매끈한 무언가에 부딪혀 통증이 느껴졌다. 정체불명의 물체가 집을 둘러싸고 있었다.

"열어줘! 뭐야, 이거!"

경계 너머 예리와 시선을 마주했지만 도와주지 않았다. 얼굴에는 작은 동요조차 없었다. 계속해서 투명한 벽을 두드리며 꺼내달라 외쳤다. 절규에 가까워질 정도로 목소리를 높여 봐도 예리는 물끄러미 쳐다보기만 했다. 이봐, 내 동생이 맞는다면 적어도 언니한테 측은한 마음이라도 가져야하는 거 아냐?

힘이 빠진 팔을 떨군 채로 밖을 바라봤다. 을씨년스럽게 느껴질 만큼 풍경이 비정상적으로 화창했다. 도시의 매연, 시든 풀꽃조차 없었다. 문득 하늘을 올려다보니 해와 달이 함께 떠있네? 믿지 못할 풍경이었다. 눈부신 날씨 한가운데 나는 갇혀버렸다. 이기지 못할 좌절감이 온몸의 힘을 다 뺏어갔다.

이 공간, 예리 그리고 내 존재까지. 모든 요소에 익숙함과 낯섦이 뒤엉켰다. 머릿속이 하얘졌다. 나는 어쩌면 방금 막 태어난 사람이 맞는지도 모른다.

"너무 무서워할 필요는 없어."

밖에서 예리는 망연자실한 내 모습을 계속 응시했고 나는 동물원 원숭이가 된 기분이었다. 사실 그녀는 내가 알던 동생과 닮은 식인종이고, 아침밥을 든든하게 먹인 뒤 나를 잡아먹으려는 걸까. 저는 편식을 한 탓에 건강하지 않아요, 분명 맛이 없을 거예요, 작년 건강검진 때 위염도 발견됐거든요, 외치고 싶었지만 장난칠 상황이 아니었다.

"언니."

갑자기 예리의 몸이 픽셀처럼 잘게 바스러지기 시작했다.

"으악!"

그녀가 외곽부터 입자로 변해 사라졌다. 비명을 질렀으나 호들갑을 떠는 건 오직 나뿐이었다. 입자로 바뀌는 와중에도 예리는 고통스러워하지 않았다. 놀라지도 않는 걸 보니 사라지는 건 본인 의지 같았다. 눈을 크게 뜨고 황망하게 바라보았다. 하반신이 거의 다 사라질 때쯤 예리는 나를 부른 이유를 알려주었다.

"1과 0의 세계에서 자기 자신을 되찾아. 그래야만 나갈 수 있어."

건조한 음성을 끝으로 그녀는 사라졌다. 북서풍을 타고 날아온 모래 가루처럼 예리의 입자가 황량하게 흩날렸다. 대기의 감촉은 서늘했다.

별안간 동생이 픽셀이 돼 날아갔다. 1과 0의 세계라니 그건 또 무슨 말일까. 여기는 정말로 내가 알지 못하는 새로운 세계인 걸까. 자기 자신을 되찾으란 말은 또 무엇이고.

머리가 복잡했다. 게임에서도 첫 시작부터 이렇게 어려운 퀘스트를 주진 않을 거다. 어안이 벙벙해졌다는 말 말고는 이 상황을 표현할 길이 없었다.

소파에 한참을 앉아있다 겨우 몸을 일으켰다. 식탁 위 반찬을

방치해뒀지만 날파리 한 마리 꼬이지 않았다. 예리가 사라진 뒤로 이 집에는 어떤 생명체도 등장하지 않았다. 안락함 속에서도 고독했다.

일단은 이 집에서 나가야 했다. 하지만 평범한 방법으론 불가능했다. 예리의 말이 정확히 무슨 뜻인지 모르겠으니 집 안을 뒤져봐야겠다. 단서가 될 만한 걸 찾아야 해.

거실 벽 쪽의 큰 책장에는 수많은 책이 꽂혀있다. 가장 위에서부터 책을 꺼내 펼쳤다. 한 권, 두 권, 세 권……. 놀랍게도 전부 백지였다. 어떤 텍스트도 인쇄돼있지 않은 완전한 장식품이었다. 가짜란 걸 깨닫는 순간 기묘함이 느껴져 몸서리를 쳤다. 이 집은 철저히 꾸며졌다. 대체 무엇을 위해? 오직 나를 감금하기 위해? 난 그 정도로 가치 있는 존재가 아닐 텐데. 몸값이 비싼 연예인이 아니며, 원한을 많이 산 정치인은 더더욱 아니다. 인스타그램 팔로워도 100명이 안 되는데. 도대체 누가, 왜 이렇게까지 한단 말인가.

112에 신고를 해야겠다. 내가 일어났던 방으로 향했다. 거기엔 휴대폰이 있을 거다. 설마 휴대폰까지 없을 리 없잖아. 베개와 침대 밑을 샅샅이 뒤졌다.

"하, 참!"

불길한 예감은 틀린 적이 없다더니, 휴대폰조차 없었다. 이

집엔 흔해빠진 전화도, PC도 없었다. 바깥과 연결 가능한 수단이 전무했다. 방 탈출 게임장에서도 최소한 인터폰 정도는 있다. 여기는 대체 어떤 공간이기에 상식을 빗나가는 거지. 도대체 무얼 어떻게 찾아야 한단 말인가. 다시 거실로 돌아왔다. 방금 전 살펴보았던 책장과 마주하고 바닥에 앉았다. 동생이 나를 가둬둘 리가 없는데. 계란말이에 당근 좀 빼달라고 한 게 잘못일까. 혹시 내가 예전에 억지로 오이를 먹였던 적이 있었나.

어디서부터 잘못됐는지 모르겠다. 더욱더 답답한 건, 이 와중에도 나는 나를 잘 모르겠다는 점이었다. 이젠 슬슬 화가 날 지경이었다. 무지에서 끌어 오르는 질식감이 몸을 툴툴 휘감았다.

나는 누구야? 나는 어디에서 왔어? 왜 여기에 있어?

해갈되지 않는 무력감에 눈물이 왈칵 나오려 했다. 여전히 창밖 하늘은 맑기만 했다. 바깥세상이 나를 철저하게 배제하고 있다. 차라리 폭우가 쏟아졌으면 좋겠다. 창밖이 화창하면 화창할수록 집 안에 혼자 남겨진 내가 초라하게 느껴지니까.

다시 책장으로 고개를 돌리자 무언가 눈에 들어왔다. 책장 가장 아래 칸에 꽂힌 책이었다. 아까 살펴볼 때 꺼내 보지 않은 책인데, 유일하게 표지가 세월감이 느껴질 정도로 해졌다. 조심스레 집어들어 펼쳤다. 검은 잉크가 살짝 번져있지만 글자들이 마지막 페이지까지 빼곡했다. 처음으로 누군가가 남겨놓은 기록을 발견했다. 내가 찾은 유일한 단서. 이 글을 다 읽고 나면 무언가 알게 될지도 모르지. 이게 소설인지 누군가의 일기인지는 전혀 알 수 없지만.

그러니까 이건, 이 책에 기록된 내용이다.

1

AD X319년. 2월.

우리는 평행우주라는 상자를 발견했고

이 상자를 연 행동이 모든 걸 바꾸었다.

지구는 사형선고를 받았다.

몸집을 불려가는 블랙홀로부터 달아나지 않으면 이 별은 깡그리 짓뭉개질 예정이다. 그동안 우리는 블랙홀을 공짜 청소기 정도로 활용해왔다. 지난 천여 년간 고장 난 인공위성을 비롯하여 온갖 우주 쓰레기를 블랙홀으로 밀어 넣어 폐기했다. 간간이 지구를 향해 돌진하는 소행성에 자동추진기를 부착하여 블랙홀로 인도하거나, 수명을 다한 도킹 스테이션의 폐기 좌표를 블랙홀로 입력해두거나. 처리가 곤란한 모든 걸 블랙홀에 맡겼다. 그 와중에 블랙홀은 본인의 원래 역할을 잊지 않고 이 모든 걸 포함하여 주변 행성들까지도 성실히 집어삼켰다.

세계연합우주연맹인 '유토피안'은 블랙홀을 예찬하는 공익광고를 내보내기도 했다. 알아서 모든 걸 다 흡입하니 뒤처리 걱정 없는 우주 천연 청소부라고. 그러나 문제는 언제나 과유불급이라는 말 아래에서 생겨났다. 군말 없이 쓰레기를 족족 받아먹던 블랙홀이 어느 순간부터 비정상적으로 팽창하기 시작했다. 녀석은 살이 통통하게 오른 애벌레가 돼 존재감을 키웠다. 그 존재감은, 분명 지구에겐 종말의 신호였다. 과거 노스트라다무스의 예언은 수십 번씩 빗나갔지만, 이번에는 아니었다.

'종말'이라는 단어는 어마어마한 영향력을 행사했다. 그 단어는 사람들을 공포로 몰고, 전쟁을 부추기고, 불필요한 비난을 양산했다. 사람들은 될 대로 되란 식으로 살기 시작했다. 은행의 VIP 대기석으로 가 다짜고짜 나체로 노상방뇨를 하는 미친 놈과 샤넬 매장에서 대놓고 가방을 훔치는 도둑, 꼭 한번 해보고 싶었다며 펜촉으로 람보르기니 범퍼에 '윤지♡민혁 뒈져도 사랑해'를 새기는 10대, 대뜸 만화가의 집으로 찾아가 죽기 전에 최애의 키스신을 그리라며 협박하는 광기의 오타쿠까지. 세상에는 가까스로 파멸만 면할 정도의 혼돈이 넘쳐났다. 그럼에도 한국인들은 쉽사리 퇴사를 하지는 못했다. 오히려 사장에게 이참에 자신을 해고해달라 호소했다. 지구가 멸망하건 말건 자진퇴사자는 실업급여를 받을 수 없기에.

아무리 힘든 일이 있더라도 인류는……

분명 과학자들의 물질 복사 이론에 따르면 아무 일이 없어야만 했다. 블랙홀에서 뿜어져 나오는 Z선이 물질과 닿는 순간, 원 물질에 대응하는 반anti물질이 쌍생성된다. 이 과정에서 두 물질이 충돌하여 쌍소멸하고, 블랙홀은 이 쌍소멸 에너지를 고스란히 흡수한다. 하지만 쌍소멸을 피한, 원 물질의 일부는 아예 블랙홀 밖으로 튕겨져 나가기도 한다. 그러므로 블랙홀에서만큼은 1=1이 아니다. 행성 하나를 삼킨다고 행성 하나의 질량만큼 고스란히 강해지지 않는다는 의미다. 그런데도 우리는 자꾸만 블랙홀의 위장인 슈바르츠실트 반지름에 가까워졌다.

그깟 폐기물쯤 블랙홀 속에 밀어 넣어도 지구에 위협이 되지는 않았다. 아니, 않아야 했다. 애석하게도 이는 공허한 소망이됐고, 블랙홀은 위협으로 변했다. 우주에서 지구는 더 이상 주인공이 아니었다. 애벌레 앞에서 갉아 먹힐 차례를 기다리는 뽕

잎으로 전락했다. 블랙홀에게 있어서 질량은, 곧 힘이었다. 비정상적으로 거대 질량을 축적한 블랙홀이 미친듯이 지구를 향해 손아귀를 뻗었다. 팽창했음에도 불구하고 막강한 질량 밀도로 세력을 키웠다. 우리가 전혀 알지 못하는 에너지를 집어 먹기라도 한 것처럼.

블랙홀이 끝내 태양계의 초인종을 누르기 일보 직전이었다. 그 먼 옛날의 퀘이사도 지금의 블랙홀과는 견줄 수 없었다. 이 진공청소기는 꺼질 줄을 모르는 폭주기관차가 됐다. 지구는 서둘러 도망가야 했지만 절망적 사실은, 우리가 지구를 임의로 움직이지 못한다는 점이었다. 좀 더 잔인하게 말하자면, 지구가 도망가는 게 아니라 인간이 탈출해야만 했다. 새로운 곳으로.

절대로 우리가 일궈온 환경과……

하지만 어느 영화의 대사처럼 우리는 방법을 찾았다, 언제나 그랬듯이.

두 가지 선택지가 거론됐다. 첫 번째는 유토피안이 제안한 방법으로, 과학자들을 어떻게든 쥐어짜 인간이 지구 밖 행성으로 모조리 이사를 가는 것. 과거에는 이를 테라포밍이라고 불렀다.

참고로 유토피안 본부는 한국 서울에 위치해있는데, 50년 전만 해도 미국에 있었지만 지구의 미래를 책임질 우주과학기관을 미국에 두는 건 불평등하다는 중국의 거센 이의 제기로 골머리를 앓았었다. 미중 간의 패권 다툼에서 미국이 서서히 약세를 보이기 시작하자, 빈틈을 놓치지 않던 한국 과학자들이 시기 좋게 온갖 신규 연구 성과를 쏟아냈다. 이편도 아니고, 저편도 아닌 특유의 외줄타기 외교로 호소한 끝에 한국은 세계의 지지를 받아 서울로 본부를 옮기는 기적을 실현했다. 몇몇 사람들은 이 것을 '한강의 여섯 번째 기적'이라고도 불렀다. 물론 이 기적에 대한 반작용으로, 유토피안은 K-화되어 많은 분야에서 사업화가 이뤄졌다(본래는 순수한 연구기관이었다).

그런 유토피안의 주장은 간단하게 말하자면 쓰러지기 직전인 초가삼간을 과감히 버리자는 것이었다. 문제는 새집을 구하지 못했다는 점이다. 후보에 여러 행성이 거론됐지만, 그 어떤 행성도 지구처럼 인간을 반겨주진 않았다. 많은 실험 파견체가 후보 행성에 파견됐으나 그들의 말로는…… 끔찍했다. 열기에 타 죽고 가스에 질식해 죽고 때로는 산성 물질에 피부가 줄줄 녹아 죽었다. 유토피안은 그 어떤 매체에도 '실험 파견체를 죽였다'라고 설명하지 않았다. 오직 '예측하지 못한 변수가 발생했다'고만 할 뿐.

그러나 모든 생명데이터가 '리빙쉘'에 보관되고 있는 현 세기에 죽음을 완전히 은폐하는 일은 불가능했다. 유토피안의 폭력적 실험에 적대감을 가진 수많은 이들은 실험 파견체로 등록된 동물의 리빙쉘 데이터를 예의 주시했다. 눈이 빠져라 사이트만 살피느라 실제로 결막염을 호소한 이들도 있었다(당연히 유토피안은 무엇도 보상하지 않았다).

우주선을 쏘아 올리고 며칠이 지나면 너무나 당연하게도 리빙쉘에는 '폐기 예정' 데이터가 증가했다. 이건 데이터에 해당되는 생명체가 죽었다는 의미인데, 인간이 아닌 동물 데이터는 모두 열람이 가능했기에 실험 파견체가 죽었다는 사실은 숨길 수가 없었다. 참고로 원숭이와 기니피그가 죽었을 때보다 개와 고양이가 죽었을 때 여론은 더 나빴다. 때로는 사람으로 실험을 한 적도 있는데, 그때 유가족이 실신하던 모습은 아직도 많은 사람들에게 충격으로 남아있다.

아무튼 다채로운 실패였다. 행성 이주의 성공 가능성이 희박하다는 비극적인 사실에 인류가 좌절할 때쯤 두 번째 선택지가 등장했다.

인간의 아름다운 육체 그리고 존엄성을……

이번엔 이사가 아니라 환생이었다.

집을 바꾸는 게 아니라 우리를 새로운 존재로 다시 만드는 일, 바로 가상의 신세계 '뉴네시스'로 이주하는 방법이었다. 리더 dataX를 필두로 한 익명의 연구자 집단. 그들은 자신을 '데이터피안'이라 통칭했다. 원래는 그저 반反유토피안 집단으로만 여겨졌으나 실체가 생각보다 더욱 비대했다. 데이터피안은 유토피안 측에 익명의 전자 서신을 전달하여 비극에서 벗어날 새로운 방법을 공표했다.

리빙셸에 보관한 모든 데이터를 가상세계에 심는다. 뉴네시스를 영구적으로 구현할 물리엔진을 만들어 우주선에 탑재한 다음, 블랙홀의 영향권 밖으로 쏘아 올린다. 그럼 지구가 통째로 블랙홀에 빨려 들어가더라도 뉴네시스는 보존된다. 생명체는 영원히 가상 데이터로 생존하게 되고.

그들은 무리한 실험을 감행하면서 인류를 어딘가로 옮길 필요가 없다고 주장했다. 어떠한 생명도 죽이지 않고, 오히려 죽은 생명체까지 데이터로 살려내려 했다. 우리에게 허락된 시간을 겸허히 받아들이되 그 다음 페이지로 넘어가 새 지평을 열자며.

데이터피안은 이를 위해 리빙셸의 무제한 접근권을 요청했다. 현재 리빙셸의 모든 권한은 유토피안이 쥐고 있다. 행성 이주를 실현하면 전 인류의 생명 데이터가 필요하기 때문에 일찍부터 세계인류보존기구와 협상하여 권한을 인도받았다.

하지만 유토피안이 데이터피안의 주장을 받아들일 이유가 있겠는가. 데이터피안의 주장은, 간단히 말하자면 평생 게임 캐릭터로 살아가자는 것과 다를 바가 없었다. 물론 이 방법은 실현 가능성이 높았다. 모든 물리 요소를 포기한다면 인간은 당장이라도 1과 0의 데이터가 될 수 있었다. 비록 육체는 사라지지만, 지구와 똑같은 가상세계에서 다시 태어나는 셈이다. 데이터피안의 방법은 상상 속 꽃밭에 그치지 않았다. 그들은 뉴네시스 시뮬레이션 과정을 세상에 보여주기도 했다.

오직 필요한 것은 리빙쉘 접근 권한과 뉴네시스를 영구적으로 보존할 물리엔진뿐이었다. 그러나 데이터피안에게 주어진 것은, 어쩌면 당연하게도 모서리가 뾰족한 목소리들뿐이었다.

……데이터 따위와 바꾸지 않을 겁니다.

유토피안 회장 이청성은 통렬한 반대를 표명했다. 데이터피안 지지자들이 걷잡기 힘들 만큼 전 세계적으로 폭증하자 그는 거의 미치기 직전까지 갔다. 수많은 연설에서 인간의 아름다운 육체와 존엄성을 어찌 데이터로 바꾸냐며 목에 핏대를 세워 저항했다. 지금껏 일궈온 환경을 결코 포기하지 않겠다는 회장의 기조발언은 유튜브에서 조회수 3천만을 기록했다. 1과 0의 존재로 인류를 격하시킨다는 허무맹랑한 주장을 철회하라며 사람들은 데이터피안을 직접 비난하기도 했다.

'육체와 지구를 포기하는 건 신을 거역하는 일입니다.'
'방구석 히키코모리들이 기어코 헛소리를 글로벌하게 하는군요.'
'데이터 인간? 새로 나온 게임 콘셉트인가요.'
'종말이 다가오긴 하나 보다, 광역 개소리가 난무하네.'

데이터피안이 제안한 방법은 금세 우습지도 않은 싸구려 주장으로 전락했다. 마음에 십자가를 품든 만卍자를 품든, 그 누구도 품지 않든 간에 다양한 사람들이 데이터 인간을 헛소리 취급했고 찬란한 우주과학을 등한시하지 말라며 맹공을 퍼부었다. 익명의 연구자들에게 리빙쉘 접근 권한을 내어주는 것은 말도 안 되거니와, 설령 그 짓을 저지른다면 우주과학의 긍지를 포기하는 꼴이란 주장이 유토피안 지지자들 사이에서 쏟아졌다. 더러는 사회성이 부족한 자들의 현실 도피 망상이라 말하기도 했다.

청성은 익명 유저들과 타협하지 않음을 최종적으로 선언했다. 유토피안은 데이터피안의 주장을 '게임 중독자들의 궤변'으로 깔끔히 정리했다. 익명의 엘리트들이 모인 집단은 순식간에 방구석 탕아 수용소로 전락했다. 그러나 데이터피안은 익명이 보여줄 수 있는 최대한의 품위를 지켰다.

그들은 반박하지 않았다. 꾸준히 업데이트되는 뉴네시스 환경을 오픈 서버에 공개하며 고요한 격동을 이어갈 뿐이었다.

[yeri0317: 방구석 히키코모리? 웃기네. 적어도 우린 실험한답시고 생명을 죽이진 않거든.]

[spacedata001: 다른 행성으로 이주하는 게 더 이상한 소리 아님? 가능했으면 진작했겠지. 지구인이 지구 버리면 그냥 우주인인데, 그럼 뉴네시스인 되는 거랑 뭐가 다름?]

[ab36: 이청성 저 새끼는 그냥 우리가 싫은 거야. 핏줄로 회장직 승계받은 놈 주제에.]

빛과 그림자는 언제나 한 쌍. 유토피안을 지지하는 사람만큼 데이터피안 지지자도 암암리에 늘어갔다. 반유토피안의 불길은 쉽사리 꺼지지 않았다. 각자 자신들이 빛이라 우기는 상황 속에서 누군가는 그림자가 돼야만 했다.

전 세계에서 빛을 차지하기 위한 격렬한 싸움이 시작됐다. 주로 유토피안 지지자들은 오프라인에서 활동했으며 데이터피안 지지자들은 온라인을 장악했다.

휴대폰, PC, 태블릿 화면 안에서는 뉴네시스를 소망하는 세력을, 그 모든 전자기기를 놓으면 행성 이주를 염원하는 세력을 만날 수 있었다. 맹공만이 존재하는 싸움 속에서 사람들은 서로를 너덜너덜해질 때까지 물어뜯었다. 사공이 많으면 배가 산으로 가는 게 아니라 그냥 박살이 난다.

이 격렬한 싸움은 집에서도 이어졌다.

"현실을 살아. 언제까지 가상세계 타령만 할 거야?"

"언니야말로 고리타분한 말 좀 그만해. 여기에 존재하는 세상도 진짜야."

"로그아웃하면 다 사라지는 유저들을 진짜 친구라고 생각하니?"

"적어도 여기엔 독거노인도 아픈 사람도 없어. 언니처럼 야근에 찌든 직장인도 없지. 자, 그럼 어떤 세상이 더 행복할까?"

"말 다 했어?"

"언니 애사심 하나는 정말 끝내준다. 노예도 쇠고랑을 자랑한다더니."

쌍둥이 자매는 이 시끄러운 싸움의 정점에 서있다. 나는 유토피안 소속 연구원으로 근무한 지 벌써 5년에 접어든 나름 업계 경력직이었다. 당연히 내가 몸담은 유토피안을 지지할 수밖에 없었다. 돈 벌어 먹고사는 게 우주과학 덕인데 갑자기 가상세계를 응원하는 건 밥줄 끊길 용기가 있어야 가능했다.

하지만 동생은 어릴 때부터 나와 달라도 너무나 달랐다. 유독 온라인 활동을 좋아했다. 늘 컴퓨터를 끼고 살았고 대학 진학도 하지 않았다. 그녀가 가진 소중한 친구들은 온라인 세상 속에서만 존재했다. 내가 캠퍼스에서 행복한 추억을 쌓고 살 때 그녀는 온라인 친구와 정모를 하겠답시고 생전 본 적 없는 사람을 만나러 가기 일쑤였다.

그러다 보니 뉴네시스에 관해 박식해서 유토피안을 요목조목 비판했다. 멋모르는 소리라면 웃고 넘겼겠으나 진심으로 달려드니 슬슬 열이 받을 수밖에. 데이터피안이 등장한 이후로 우리는 종말 이야기만 나오면 끝장을 볼 기세로 다퉜다.

"야, 구예리. 넌 왜 내 말을 이해조차 안 하려 해?"

"그러는 언니야말로 한번이라도 내 마음을 이해한 적이 있어?"

"네가 해야 나도 하지!"

"언니가 먼저 해야지. 2분 일찍 태어나서 언니 소리 듣고 살면 호칭 값 좀 해."

그녀가 온라인 세상을 지키고자 하는 것과 내가 유토피안을 등지지 않으려 하는 것에는 어쩌면 같은 결의 이유가 있을 것이다.

"구예리 너랑 쌍둥이란 사실이 쪽팔려."

"반사."

서로의 모습을 보고 있으면 더더욱 화를 가라앉힐 수가 없었다. 우리 둘의 얼굴에는 지우지 못할 낙인이 존재하니.

자매에겐 '점'이 많았다. 비정상적일 만큼. 나의 오른쪽 얼굴, 동생의 왼쪽 얼굴에는 쌀알만 한 크기부터 동전 사이즈까지 흉측한 점들이 잔뜩 피어있다. 날 때부터 우리는 데칼코마니처럼 이 특이점을 공유했다. 서로에게 새겨진 무늬는 우리가 돌연변이임을 원치 않게 증명하는 명함이었다.

대학병원에서는 '과모반형성증'이라는 병명을 부여했고 우리의 모습이 병명으로 정의된 순간부터 이 외형은 명백한 결함이 됐다. 점은 쉽게 빠지지 않았다. 레이저로 태우면 다시 자라나고, CO_2장비로 뿌리까지 뽑으면 또 다른 곳에 피어났다. 엄마는 의사에게 어째서, 그것도 하필이면 얼굴에 이런 증상이 나타나는지 물었으나 돌아온 대답은 잔인하기만 했다.

'유전 문제입니다. 고로 굳이 원인을 찾자면 부모에게 있지요.'

점은 그저 유전자 조합으로 나온 결과이자 현상일 뿐이었다. 엄마와 아빠에겐 겉으로 발현되지 않았을 뿐. 간발의 차로 내가 먼저 태어났을 때 아빠는 짐승에게 얼굴을 물린 아이가 태어났다며 절망했다고 한다. 그 후 동생도 똑같은 얼굴을 가졌다는 걸 확인했을 때, 아빠는 아마도 그때부터 엄마를 떠날 준비를 했을지도. 그는 우리가 열 살이 되던 해 끝내 괴물 자매를 견디지 못하고 달아났다. 우리를 떠난 게 아니었다. 애초부터 그는 우리 곁에 없었다. 엄마는 흔해빠진 이혼일 뿐이라고 했지만 우리는 자연스레 스스로를 탓했다. 얼굴에 공유된 이 점들은 세상에 나오는 순간부터 누군가에게 절망을 안겨줬다는 기록이 됐다.

왜 하필이면 얼굴일까. 차라리 배라면, 가슴이라면, 아니 목덜미라면 가릴 수 있지 않았을까. 왜 신은 인간이라면 절대 감추지 못할 얼굴에다 결함을 준 걸까. 납득이 불가한 특이점이었다. 참으로 들키기 쉬워서 속절없이 이웃과 친구들에게 발각돼버리는 특이점.

'얼룩이와 덜룩이.'

우리에게 붙은 별명은 10대 시절을 지독하게 괴롭혔다. 그래서 나는 악착같이 공부했다. 얼룩덜룩한 얼굴을 숙이고 참고서에 시선을 내리 꽂은 채로 성적에 목을 맸다. 덕분에 좋은 대학을 나와 유토피안이라는 직장까지 얻었다. 반면 동생은 숨기를 택했다. 그녀가 선택한 건 컴퓨터 너머에 존재하는 미지의 세상이었다. 반점 따위는 처음부터 존재하지 않았던 세상으로 그녀는 시야를 돌렸다. 나는 우리가 동일한 정답을 선택하길 바랐지만 그건 그냥 바람으로만 그치고 말았다. 점은 우리가 자매라는 걸 보여주는 가장 선명한 뿌리이자, 서로 다른 세상을 바라보게 만든 변곡점이었다. 동생은 완벽한 나의 반물질이었다.

"아휴, 집안 꼬락서니 봐. 나가서 싸워!"

자매를 중재하는 건 엄마의 매서운 등짝 스매싱뿐이었다. 각자 사이좋게 한 대씩 얻어맞고서야 씩씩거리며 입을 다물었다. 이 주제에 대해서만큼은, 나에겐 직업적 소명 의식이 걸려있었고 동생에게도 동생 나름의 이유가 있었다. 더 이상 인류 존속에 대한 방법론적 싸움이 아니었다. 우리가 지지해야 하는 세계가 결국 어디인지 하는, 결과론적인 싸움이었다. 다른 말로 하면 자존심 싸움. 우리는 각자의 세계를 걸었다. 브뤼셀에서 양자역학을 놓고 침을 튀겨가며 싸웠던 아인슈타인과 보어처럼, 자매를 비롯한 전 인류가 각축전을 벌였다. 그러나 치열한 논쟁을 잠재운 건 결국 유토피안이었다.

"드디어 평행우주를 발견했습니다."

유토피안은 사상 처음으로 지구의 평행우주를 찾아냈다. 물론 그곳에서도 이주가 가능할 만한 행성은 찾지 못했지만 우리와 대화가 통하는 또 다른 우리를 목격한 것이다. 평행우주인들과 사상 최초로 교류가 실현되었고, 차원 이동이 가능한 초월선이 매스컴에 화려히 소개됐다. 새 지평이 열리고 말았다. 이 발견으로 인하여 우리는 1과 0의 벼랑 끝에서 한걸음 달아났다……고 믿었다.

새 페이지를 펼친 후에야 알게 된 사실이 있다면, 이건 바라던 결말이 아닌 그저 두 번째 챕터라는 점이었다.

임원 동행이 예정된 출장을 누가 좋아하겠냐만 나는 좀 신이 났다. 평소 같으면 회장, 부회장과 일정을 함께하는 것만으로도 숨이 막힌다고 하소연했겠지. 지구를 대표해서 가는 평행우주 출장인데 정치인이 가야 하지 않겠냐는 말이 많았다. '양복쟁이 따위가 할 수 있는 말이 뭐가 있겠어요.' 회장은 냉소적인 태도로 뭇사람들의 의견을 일축했다. 지구의 목숨이 달린 일 앞에서는 정치인보다 과학자의 힘이 더 셌다.

연구직 대표로 내가 선택된 점은 의외긴 했으나 내 입장에선 행운이었다. 혹은 일복이 터졌거나. 회장이 군이 나를 고른 이유는 지구인을 대표하는 일인 만큼 여성 직원도 함께 갔으면 좋겠다는 판단 때문이었다. 공교롭게도 여성 직원 중에선 내 인사 평점이 가장 우수했던 까닭에 선출됐다. 연차라 해 봤자 겨우 5년 차고 아직 스물아홉 살 풋내기지만. 그간 회사에 착취당한 고혈이 유일하게 값을 치른 순간이었다.

명색이 지구 대표로 가는 건데 유토피안이 빈손으로 평행우주를 방문할 수는 없었다. 말단 직원들은 머리를 맞대고 기념품을 고민했다.

"하 이것 참. 우주인은 뭘 좋아할지."

"지구에서 무엇이든 살 수 있는 가상화폐를 주는 건 어떨까요?"

"시세 하락하면 같이 손잡고 한강 가려고? 퍽이나 좋아하겠다."

일단 우리는 지구의 미래를 걸고 최대한 효율적인 이주 방안을 발굴하거나 자문을 구하기 위해서라는, 평행우주를 방문하는 목적이 분명했다. 반면 평행우주 측은 딱히 지구인을 반겨 맞이할 이유가 없었다. 우리는 정체 모를 이방인이니까. 그러니 선물이라도 그럴듯하게 가져가야 호의적 관계를 쌓기 편할 텐데 상대는 평행우주였다. 고급 양갱 세트는 고사하고 번쩍이는 금붙이도 제 역할을 다하리란 보장이 없었다. 지구를 대표할 만한 게 뭐가 있을지 직원끼리 머리를 맞대던 중 선우가 아이디어를 냈다.

"지구 생명체를 선물하는 건 어때요?"

"동물을 데리고 갈 수는 없어. 이미 여럿 죽여서 여론이 바닥이거든."

"제가 생각한 건 식물이에요."

선우가 휴대폰을 꺼내 직접 찍은 집 베란다 사진을 보여주었다. 정갈하게 가꿔진 화분이 가득했으며 차분하고 섬세한 그와 잘 어울리는 전경이었다. 나는 얼굴을 선우 쪽으로 쑥 들이밀어 휴대폰을 보는 척 그의 얼굴을 쳐다보았다. 선우는 평소 말수가 많지는 않았지만, 자기가 좋아하는 것을 말할 땐 눈이 반짝거렸다. 그가 손가락으로 확대해서 보여준 건 작은 소나무 화분이었다.

"여기 가운데에 있는 건 소나무 분재예요."

"음. 고급스럽네."

"보기에도 멋있고 의미를 담기에는 더욱 좋아요."

"어떤 의미?"

"소나무는 식물개체 중 제법 항상성이 높은 종자예요. 사시사철 푸르고 강직한 모습을 보여주니까요. 초록 잎은 생명을, 흑갈색 뿌리는 군건한 육지를 상징한다고 봐요. 이 아름다운 식물이 하나의 지구인 것이죠."

꿈보단 해몽. 심드렁했던 직원들이 선우의 말에 동조하기 시작했다. 마침 사이즈도 딱 가져가기 좋겠다며 입을 모았다. 기념품을 고르는 회의 따위에 시간을 뺏기고 싶지 않았던 직원들이 일사천리로 일을 진행했다. 우리는 그럴듯한 결재문서를 뚝딱 써 연구부장에게 직접 브리핑했다. 한도가 없다는 까만색 법인카드를 받기까지는 3일이 채 걸리지 않았다.

앞장서 운전대를 잡았다. 날이 좋은지 차창 너머의 햇살이 강했다. 두 뺨이 평소보다 좀 더 뜨겁게 달궈졌다. 햇빛 가리개를 내리고 평소처럼 뺨을 숨겨보려다 그만두었다. 선우와 함께하는 순간이 지나치게 밝지 않길 바랐지만, 언젠가 너는 이 우주의 존재들 중에 태양을 가장 사랑한다고 말했던 적이 있었다. 그 기억 덕에 나는 두려워하지 않고 얼굴을 들어 더욱 먼 도로를 바라보았다. 너는 내가 유일하게 빛 속을 함께 걸을 수 있는 동료였다.

우리는 법인카드로 간식을 횡령하며 서울 근교에 있는 묘목 시장을 몽땅 뒤졌다. 마음만 먹으면 당장 외근을 마칠 수도 있지만, 합법적 농땡이를 칠 기회는 흔치 않으니 욕심을 부렸다.

"묘목시장이 제법 예쁘다. 팀원들한테도 보여주자."

괜한 핑계를 대며 선우가 소나무 분재를 찾는 모습을 동영상으로 기록했다.

"브이로그라도 찍어?"

선우는 카메라를 향해 손으로 브이를 그리며 즐거운 표정을 보였다. 문서 더미에 갇혀있을 시간인데 야외에 있다는 것만으로도 우리 둘은 충분히 들떴다. 역시 직장인들은 주에 한 번은 농땡이를 치게 해줘야 돼.

선우는 준비한 종자 리포트를 뒤적거리며 가장 좋은 소나무 분재를 찾는 데 집중했다. 다른 묘목시장으로 이동하는 동안 옆모습을 여러 차례 바라보아도 모를 만큼 열중이었다.

"뭘 그리 열심히 봐. 다 똑같은 나무 아니야?"

"나무들이 들으면 서운하겠다. 같아 보여도 다 달라. 가지 방향, 잎의 밀도, 기둥의 두께와 색깔, 전부 차이가 있어. 너랑 내가 다르듯이 말이야."

"너 전생에 소나무였던 거 아니지?"

"농담은. 아무튼 평행우주인들이 좋아해야 할 텐데."

걱정이 스민 말이었지만 선우는 즐거워 보였다. 회사 밖에서 보는 직장 동료의 웃는 얼굴은 꼭 보면 안 될 것을 훔쳐본 듯 기분을 이상하게 만들었다. 만약 선임이나 부장의 웃음이었다면 단박에 정색을 하며 고개를 돌려버렸을 텐데. 선우의 웃음은 얼마든지 바라볼 수 있었다.

마지막으로 들른 묘목시장에서 우리 마음에 쏙 드는 소나무 분재를 발견했다. 혹시 모르니 여분으로 몇 점을 더 고른 다음 시원하게 카드를 긁었다. 아직 해는 환했고, 오후의 바람은 쾌청하기만 했다. 영수증을 지갑에 쑤셔 넣고 돌아서자 아쉬움이 밀려왔다.

"곧장 복귀하는 거 아니지? 얼마 만에 외근인데 뽕을 더 뽑아야 돼. 밥도 먹고 가자."

나는 괜한 핑계를 대며 성실한 동료를 팔꿈치로 쿡쿡 찔렀다. 선우는 얇고 긴 눈매를 잘 익은 사과처럼 둥글게 휘어 웃더니 고개를 끄덕였다.

"좋아."

이럴 때 우리는 말이 잘 통했다. 그래 봤자 간이 작기는 둘 다 매한가지라, 큰마음 먹고 들른 곳은 겨우 한식당이었다. 창가 테이블에 앉아 주문한 뒤 물티슈로 손을 닦았다.

"복귀 전에 법카로 팀원들 디저트 사갈까? 다른 팀에서도 그런 식으로 종종 쓰더라고. 이 법카는 어쩌면 우리가 부장이 되기 전까지는 두 번 다시 못 볼 수도 있어."

"증빙은 어떡하게?"

"점심 식대에 합산해버리면 돼. 나 회계팀 직원들이랑 사이 괜찮거든."

"나중에 사내 게시판에 소액 횡령 폭로하면 나인 줄 알아."

"너무해."

"농담이야. 그럼 너한테 맡길게."

우리는 히죽거리며 순두부찌개에 숟갈을 담갔다. 입 크기에 비해 욕심을 냈는지 선우의 입술 가장자리에 국물이 묻었으나 밉지 않았다. 소소한 작당 모의에 함께 즐거워했다. 서로에게 사적인 것을 많이 묻지는 않았지만, 둘이 함께하는 시간이 쌓여가는 것만으로도 나는 그와 부쩍 가까워진 기분이 들었다. 팍팍한 직장생활 중 감초 같은 순간이었다.

"조심해서 다녀와. 괜히 정체불명 물질을 주워 먹거나 만지거나 하지 말고. 곧 생일인데 그때까지 건강해야 올해도 파티를 할 수 있어."

"파티! 올해도 해야지 물론!"

모든 임직원의 생일이 사내 온라인 공유 달력에 표시되지만, 매년 내 생일을 챙기는 건 선우뿐이었다. 물론 선우의 생일을 챙기는 것도 나만의 몫이었다. 우리는 젊은 직원이란 점을 핑계 삼아 쓸모없는 세리머니를 자주 즐겼다. 선우와 나는 서로를 위해 낭만주의자가 되어줄 수 있었다.

"출장이 무섭지는 않아?"

"별로. 회장이랑 같이 간다면 이 한도 없는 법카도 따라올 텐데 무서울 게 뭐 있어."

"거기선 긁지도 못하잖아."

"등이라도 긁지 뭐."

"속없기는."

깍두기를 씹는 동안 그의 뺨은 한껏 올라가있었다. 나는 괜히 그 미소를 더 보고 싶은 욕심에 재차 실없는 농담을 던졌고 그때마다 내 노력은 보상받았다. 그 어떤 직장 동료 앞에서도 광대가 되지 않는 나지만, 이상하게 선우 앞에서만큼은 광대 짓을 즐겨 했다. 남들이 알면 징그럽게 생각할지도 몰랐다. 아무리 외근이라도 업무는 업무. 어디 불순하게 화목한 시간을 보내느냐고. 게다가 직장 동료랑 미치지 않고서야 화기애애할 수 있냐며 제정신인지 물을지도.

하지만 누군가를 위해 바보가 되는 느낌이 나쁘지 않았다.

"사실 말 못 한 게 있는데 지금 둘뿐이니까 용기 내서 말할게."

"응?"

식사를 마친 후에 물티슈로 입가를 닦으려는데 그가 나를 빤히 바라보았다. 밥 먹다 말고 무슨 말을 하려는 걸까. 사뭇 진지해진 얼굴이었다. 뜸까지 들이다니. 갑자기 할 말이 있다고? 설마 여기서……. 아무리 그래도 그렇지, 한식당에서……. 단 둘이 있을 때 이 전개는 분명……. 아직 마음의 준비가…….

"소나무 분재는 생명의 유한함을 상징하기도 해. 소나무는 수백 년을 살지만, 소나무 분재는 잘 관리해주지 않으면 쉽게 죽기도 하거든. 나는 이 특성마저도 지구를 대표하는 생명체로 딱 들어맞는다고 생각해. 어쨌든 수백 년을 살든 수천 년을 살든 지구상 모든 생명체는 유한하니까. 끝이 있기에 소중할 수밖에 없어. 이런 거까지 말하면 괜히 분위기를 무겁게 만들까 봐 미리 말하지 못했어. 네가 잘 전해줘."

"아, 어."

나는 괜스레 입맛만 다신 후에 티슈로 입가를 벅벅 문질러 닦았다. 엉뚱한 망상을 한 게 허탈했지만, 그래도 웃음이 나왔다.

"하리 너는 누군가에게 줄 선물을 고민한 적 없어?"

"음…… 예전에 프랑스 여행 갔을 때 동생 줄 기념품 정도는 고민했었네."

"기억에 남는 걸로 주고 싶었던 거지?"

"아니. 돈이 아까워서 사주기 싫었거든."

그때 난, 남들이 다 산다는 실팔찌를 샀다. 뭘 사야할지 고민하고 싶지 않았지만 그래도 동생이니 기념품은 줘야 할 것 같다는 일종의 의무감에 억지로 구매한 선물이었다. 그녀가 좋아할지 아닐지는 고려 사항이 아니었다. 무려 수세기 동안 파리에 가면 꼭 사야 할 기념품으로 여겨졌다기에 별 고민 없이 선택했다. 성인이 된 후 예리에게 줬던 처음이자 마지막 선물이었다. 조용히 책상 위에 그 팔찌를 올려두었을 때 예리는 고맙다는 말도, 자기 스타일이 아니라는 말도 하지 않았다. 주는 사람 입장에서는 굉장히 짜증이 나는 무시였다. 게다가 10유로를 주고 구매했는데 한국에 돌아온 이후에야 5유로짜리도 있다는 걸 알고서는 얼마나 돈이 아까웠는지 모른다. 그 후로 나는 두 번 다시 예리에게 선물 따위를 사주지 않았다.

커피 한 잔에 지난 일을 다시 침묵 뒤로 삼켜낸 다음, 나는 선우와 함께 유토피안으로 복귀했다.

2

초월선을 타고 평행우주 행성에 첫발을 내딛자마자 우리는 흠뻑 젖어버렸다.

"우, 우산을 챙겨왔으니 바로 꺼내드리겠습니다!"

기념품과 각종 문서가 든 커다란 메탈 카트를 열어 허겁지겁 우산을 꺼냈다. 초월선의 최대 탑승 인원이 세 명인 탓에 회장과 부회장을 보필하는 건 모두 나 혼자만의 몫이었다. 연구팀 막내에게 회장 비서를 맡기는 건 말도 안 되는 짓이지만, 이런 말도 안 되는 일을 겪고 있다는 것마저도 낯선 우주다웠다.

"이미 젖었으니 천천히 하세요."

"죄, 죄송합니다!"

나는 단 한 번도 덜렁이로 살았던 적이 없었다. 그럼에도 회장, 부회장과 일개 연구직이라는 어마어마한 계급 격차에 손이 벌벌 떨렸다. 사실 나는 이 두 사람과 마주보고 서있는 일 자체가 처음이었다. 매일 모니터 너머로 보던 사람이라 가상인간이 아닐까 싶었는데. 이렇게 직접 업무를 함께하다니……. 영광이진 않고 불편하기만 했다. 평행우주 출장 선발 소식을 들었을 때만 해도 신이 났었는데, 지금부터 내내 어려운 시간을 보내야 하니 걱정이 태산이었다.

"우산 고마워요. 구하리 씨."

"아닙니다……."

청성은 보기보다 너그러웠다. 연설하지 않는 목소리는 부드러웠고 눈빛도 사납지 않았다. 오히려 시종일관 독수리처럼 빳빳이 걸어 다니는 쪽은 부회장, 도월이었다.

도월은 만남이 약속된 도착지 좌표를 살피더니 내게로 시선을 돌렸다.

"짐 들어줄까요."

예의상 묻는 무성의한 목소리였다. 감히 말단인 내가 '아이고, 얼른 들어주십쇼' 하고 말할 수 있을 리가 없었다. 무미건조한 물음에 진짜로 덥석 답했다간 눈치 없는 직원이 될 테니까. 셋이 함께 왔을지언정 도월의 온 신경은 청성을 보필하는 데

집중됐다.

　다행히 도착지가 멀지 않아 우리는 계속 걷기로 했다. 청성은 낯선 세계의 풍경을 즐거이 두 눈에 담았다. 그는 나를 신경 쓰지 않고 도월과 잡다한 이야기를 나누었다. 드문드문 내게도 말을 걸어주긴 했지만, 대화보다는 배려에 가까웠다. 덕분에 적당한 소외감을 느끼며 그들을 따라 계속해서 걸었다.

　나는 잠자코 둘의 담소를 감상했다.

　"이곳의 자연물은 무척 아름답군요. 지구의 것과 과연 어떻게 다른지 궁금하네요."

　"귀환 후 연구해보겠습니다."

　도월이 주머니에 담긴 무균 큐브를 활성화해 토양과 빗물을 담았다. 그리고 안주머니에 지참해온 백금 만년필로 채취 일자를 기록했다. 그 만년필은 청성이 도월의 공을 기리기 위해 선물했던 훈장 같은 물건이었다.

　도월은 청성이 회장으로 취임하기 이전, 선대 회장이 살아있을 때부터 유토피안의 성과에 큰 기여를 한 일등공신이었다. 필요한 모든 걸 연구했고, 정리했고, 증명했다. 유토피안을 위해, 아니, 유토피안 회장을 위한 일이었다. 확인이 가능한 모든 것들의 중심에 도월이 존재했다.

　청성은 그런 도월의 팔을 살짝 붙들며 말렸다.

"일을 시키려던 건 아니었습니다."

"회장님을 과학으로 보필하는 일이 제 역할이니 괜찮습니다."

"하하, 당신은 부회장이지 제 연구 비서가 아닙니다."

"이곳 생명체에 대한 연구도 필요하지 않겠습니까."

"부회장님이 원한다면 얼마든지 하셔도 좋지만."

"연구하여 보고하겠습니다."

청성이 호쾌하게 웃으며 도월의 등을 토닥였다. 도월은 청성의 팔이 불편하지 않게끔 기꺼이 허리를 숙여 등을 모두 내주었다. 분명 도월의 키가 한 뼘 정도 더 컸기에 어색한 몸짓임에도 그는 마다하지 않았다.

"과학이 모든 걸 증명하고, 우리는 결과를 따라야 하지요. 하지만 나를 위해서 증명할 필요는 없습니다. 당신은 당신을 위해 연구하고, 증명하세요. 우리는 타인을 위해 일하지 않습니다. 반드시 자신의 안위를 위해 일해야 합니다. 그 이기심이야 말로 궁극적으로 전 인류에 도움이 될 결과를 만드니까요. 돌아가신 아버지의 뜻이기도 했고요."

도월은 큐브를 주머니에 넣고 말없이 청성에게 고개까지 숙였다. 청성이 웃어줄 때마다 도월의 두꺼운 눈꼬리가 먼발치의 언덕처럼 구부러졌다. 누군가 우스갯소리로, 청성은 러시아에서 유학을 하고 와서 그런지 러시아인처럼 잘 웃지 않는다더라

했었다. 그럼 지금 내가 보고 있는 저 웃음은 무엇일까. 나는 소문을 빗나가는 모습이 어쩐지 오싹하다 생각하며 몸을 부르르 떨었다.

청성은 오늘이 마냥 즐거운지 쾌활한 얼굴로 낯선 세계를 담았다. 나는 신세계에서도 무거운 카트를 끌고 하인 노릇이나 하는 게 갑자기 못마땅해져 괜히 그의 뒤통수를 노려보았다.

"하리 씨."

갑자기 고개를 휙 돌려 나를 불렀다. 서둘러 강아지 눈으로 바꾸어 기분 좋은 척을 했다.

"네!"

"행성 이주에 성공하면 하리 씨는 무엇을 가장 먼저 하고 싶습니까?"

"저, 저, 저는……. 승진을 하고 싶습니다!"

"임원에게 승진 어필이라니, 당돌하군요. 듣던 대로 똑똑해요."

"그, 그런 뜻은 아니었습니다. 회장님은 무엇을 하고 싶으십니까?"

"저는요."

듣고 있던 도월이 청성 쪽으로 우산을 좀 더 기울였다. 빗줄기가 가늘지 않았기에 보호받지 못하는 도월의 반대쪽 어깨는 이미 흠뻑 젖었다.

"가족을 만들고 싶습니다. 증명하지 않아도 되는 신뢰 관계니까요."

"꼭 만드실 수 있기를 바랍니다!"

"너무 얼어있는 거 아닙니까?"

늦겨울 혹은 초봄. 중첩되는 풍경이 눈을 휘감았다. 2월과 4월이 반쯤 섞인 세상이 아름다웠다. 빗방울에 지지 않는 잎들과 쏟아지는 폭우가 공존했으며 대기에선 맑고 달콤한 향기가 났다. 거센 빗방울이 동백나무 위로 우수수 쏟아지자 그 힘을 이겨내지 못한 꽃잎은 속절없이 낙하했다. 하지만 곧바로 그 자리에 새 꽃잎이 돋아났다. 이 행성의 생명들은 죽음을 두려워하지 않았다. 지구에서는 보지 못할 모습이었다. 길 위에 빨강이 쌓여갔다. 무한히 수놓아진 꽃길은 걸을수록 두터워졌고 생전 처음 보는 광경이 눈부시게 경이로웠다. 미지의 대륙을 발견한 콜럼버스가 얼마나 벅찼을지 가늠이 되는 순간이었다. 낯선 생명체의 공간에 우리 셋은 저마다 감탄을 내뱉었다. 동경과 경외심, 그 중간에는 두려움도 있었다.

곧이어 약속한 장소에 도착했다.

"지구인들! 초행길임에도 잘 찾아오셨군요."

행성의 원주민을 보자마자 뒷걸음질을 치고 말았다. 우리를 맞이해준 건 다름 아닌 '우리'였다. 청성, 도월과 한 치의 오차도 없는 존재들이 깍듯이 허리를 숙여 인사를 건넸다. 평행우주의 무수한 행성 중에서 유일하게 우리와의 교류가 실현된 이곳은, 다름 아닌 지구의 쌍둥이 행성이었다.

도플갱어 이야기를 들은 적이 있다. 세상 어딘가에 있는 자신과 똑같은 존재와 조우하는 순간, 둘 중 하나 혹은 그 둘 모두 반드시 죽는다는 괴담이었다. 서둘러 맞절을 하면서도 오금이 얼어붙는 공포를 느꼈다. 우리와 똑같은데 분명 우리가 아닌 존재. 적응하기까지는 약간의 시간이 필요했다.

"만남에 응해주셔서 감사합니다. 지구 유토피안 회장 이청성이라고 합니다."

"반가워요. 거울을 보는 느낌이네요. 저는 SP의 유토피안 회장인 모이라이입니다."

"멋진 이름입니다."

"당신도요."

청성은 자신과 똑같이 생긴 존재에게 손을 뻗어 악수를 청했다. 상대가 가진 눈매와 콧날, 세련된 턱, 체격과 손 크기, 모든 요소가 청성과 완벽히 일치했다. 데칼코마니란 동생의 왼뺨을 볼 때나 사용하는 단어인 줄 알았는데 이토록 먼 우주에서 다시금 떠올리게 될 줄은 몰랐다.

그의 이름은 모이라이였고, 모이라이와 함께 나온 이는 부회장 파르카이였다. 청성, 도윌과 같은 얼굴을 한 생명체가 이곳에선 모이라이와 파르카이로 불린다는 게 어색했다. 대뜸 선우가 이름을 이그니스로 개명했다고 하면 이런 느낌을 받지 않을까. 꼭 게임 캐릭터에게나 붙일 법한 이름들이었다. 팔뚝에 돋아난 소름이 쉬이 가라앉질 않았다.

"천천히 둘러보시지요. 간단히 이곳을 소개해드리겠습니다."

모이라이는 SP 유토피안의 공간을 이곳저곳 보여주며 우주 기술을 비약적으로 발전시킨 본인의 이력을 자랑했는데, 말투는 호방했고 제스처는 과감했다. 또한 자신의 별을 'SP(Superb Planet)'라 칭했는데, 스스로를 특별한 존재라 자부하는 점은 지구 인류와 다를 바가 없었다.

"비록 기술과 자원에는 큰 차이가 있지만, 이 우주에서 서로의 거울을 찾으라고 한다면 SP는 분명 지구와 짝일 겁니다."

"SP 문명과 만나게 돼 영광입니다."

"저 역시 잃어버린 분신과 조우하게 돼 기쁩니다."

"지구 유토피안과 SP 유토피안의 만남을 축하하기 위해 드릴 것이 있습니다."

청성은 직접 메탈 카트를 열어 소나무 분재를 꺼냈다. 모이라이가 크게 기뻐하며 푸른 솔잎을 잡아당겨 조금 뜯어냈으나 바깥에 즐비한 동백나무와 달리 재생되지 않았다. 작고 나약한 소나무 분재에는 선우가 말한 유한한 생명만이 깃들어있었다. 되살아나지 못하는 존재에 그는 역설적으로 더욱 큰 만족감을 보였다.

"정말로 아름답군요. 지구와 닮았어요."

"직원들이 심사숙고하여 골랐다고 합니다."

"다른 차원의 행성들과 간간이 교류를 하긴 하나 문명 공산품을 주는 것보다야 그 행성의 순수 자연물을 주는 것이 훨씬 더 좋지요."

선우가 말해준 소나무 분재의 참뜻을 전해주려 했지만 모이라이가 나와는 일절 눈을 마주치지 않는 관계로 말을 꺼내지 못했다. 파르카이와 도월은 얌전히 손을 모은 채로 두 회장의 대화를 경청했다.

이윽고 우리는 접견실로 안내받았다. SP 유토피안의 입지를 보여주는 화려하고 넓은 공간이었다. 네 벽면에서 SP 유토피안의 성과를 자랑하는 선전 영상이 재생되고 있었는데, 모이라이의 핑거스냅에 자동으로 종료됐다. 그 벽을 이루고 있던 물질은 즉각 유동화 돼 'SP'라 새겨진 거대한 휘장으로 바뀌었다.

청성은 지구의 입장을 정리하여 모이라이에게 전달했다. 점점 커지고 있는 블랙홀의 위협을 모이라이는 흥미롭게 경청했다. 그러고는 접견실을 지키고 있던 AI비서들에게 요청하여 우리가 언급한 블랙홀의 상태를 다시 브리핑 받았다. 마치 우리의 설명보단 본인들의 자료를 더 신뢰한다는 듯이.

모이라이가 잠시 턱을 쓰다듬고는 여유롭게 대화를 이어갔다.

"항성과 행성은 차원을 초월할 수 없지만 블랙홀은 가능합니다. 더 정확히 말하자면 여러 차원에 발을 걸치고 있다고 해야 할까요. 우주의 책등 같은 존재입니다. 우리들은 다양한 페이지에 불과하지요. 책을 펼치면 수많은 페이지가 움직이지만, 책등은 고정되어 페이지를 꽉 잡고 있죠. 여러분을 위협한다는 그 블랙홀에게 우리는 이미 에스페소라는 이름을 붙여주었습니다."

그의 말에 따르면 커져가는 블랙홀 에스페소는 여러 평행우주에서 동일하게 나타나며, 실제로 동일한 블랙홀이었다. 블랙홀은 차원마저도 뛰어넘는 고정 핀이므로 지구뿐만 아니라 다른 평행우주에서도 에스페소에 여러 물질을 폐기했을 가능성이 있고, 그 물질들이 무엇인지 모르니 블랙홀의 비정상적인 확장이 불가능한 일은 아니라는 게 그의 설명이었다. 수많은 차원의 행성 중 현재 에스페소와 가장 가까운, 가장 재수 없는 행성이 바로 지구인 것이고.

안타깝다는 듯 미간을 살짝 찌푸리며 모이라이가 덧붙이기를 블랙홀의 크기를 조절하는 방법은 모른다고 했다. 비극적인 말에 우리는 실망했지만 청성은 쉽게 포기하지 않았다.

"저희는 행성 이주를 추진하고자 합니다."

"행성 이주요?"

"지구에도 아직 블랙홀 에스페소를 통제할 능력은 없습니다. 적합한 행성을 찾던 도중 SP까지 오게 됐지요. 행성만 찾는다면 대형 이동선을 만드는 일은 추후 얼마든지 진행할 수 있습니다. 혹시 지구 생명체가 살 수 있을 만한 행성을 알고 있습니까?"

"있긴 하지요."

모이라이가 금방 표정을 바꾸었다. 지구인의 의지가 퍽 우습다는 듯이 조금은 장난스러운 말투로 분위기를 전환했다. 스치듯이 청성의 얼굴에 불쾌함이 머물렀으나 모이라이는 전혀 신경 쓰지 않았다. 그가 테이블 중앙에 유동화된 에어 스크린을 띄워 설명을 이어갔다.

"말씀드렸잖습니까, 우리가 지구의 거울이라고."

스크린에는 지구와 SP 행성이 동시에 생성됐다.

"이 우주는 모든 것을 쌍생성합니다. 플러스가 있으면 마이너스가 있듯이 물질이 탄생하면 반드시 어딘가에 반물질이 생성되지요. 그리고 쌍소멸을 피하기 위해서 두 물질은 서로 다른 차원으로 흩어지는 운명을 가집니다. 지구의 반물질에 해당하는 반-지구, 그것은 바로 SP이며 반대로 SP의 입장에서 반-SP에 해당하는 별이 지구입니다. 얼마나 멋진 거울우주입니까?"

"그렇다면 당신의 말은, 지구인들이 살아갈 행성이 바로 SP란 것이군요."

청성의 얼굴이 환해졌다. 드디어 찾아 헤매던 대안 행성을 찾았음을 직감했다. 기뻐하는 내색은 티끌만큼도 숨겨지지 않고 청성의 목소리에 모두 묻어나왔다. 도월은 고개를 돌리지 않고 조용한 눈짓으로 청성을 바라보곤 다시 모이라이를 응시했다. 파르카이는 도월처럼 말이 없었다.

모이라이의 대답은 단호했다.

"아니요. 지구인은 SP에서 살 수 없습니다."

그가 손끝을 움직이자 화면 속 SP와 지구가 서로를 끌어당겼다. 두 행성이 닿을 만큼 가까워지자 순식간에 장엄한 초신성이 발생하여 두 별은 모두 파괴됐다.

"모르지 않으실 텐데요. 물질과 반물질이 충돌하면 엄청난 에너지가 방출되고, 쌍소멸이라는 파멸을 맞이한다는 사실을요."

"지구를 통째로 이곳에 옮겨온다는 게 아닙니다. 인류와 생명체들만 이곳에서 사는 것은 어떻습니까? 원한다면 부르주아 계층과 엘리트 종사자들만 먼저……."

"지금 마주보고 있는 우리를 보십시오. 우리는 숨기고 있지만 서로를 소름 끼쳐 하고 있지 않습니까? 물질과 반물질은 우주에만 있는 게 아닙니다. 우리의 마음에도 깃들어있습니다."

"두 종족 간의 격차는 제도와 교육을 통해 통합할 수 있습니다."

"지구 유토피안 장, 서로를 이해하지 않으려는 마음이 제도와 교육으로 해결이 된다고 믿으십니까?"

날카로운 모이라이의 말이 청성의 반박 의지를 베었다. 당장 지구의 상황만 하더라도 유토피안 지지자들과 데이터피안 지지자들의 갈등은 날로 첨예해지기만 했다. 역사를 이어나가겠다는 욕심을 위해서 인류는, 인류와 싸웠다. 우리는 많은 생명체를 희생했으며 수많은 존재들의 의견을 묵살했다. 그 과정 역시도 유토피안에게는 '공존 공영'이라는 명목으로 흐려졌다.

지구인은 반-존재를 좋아하지 않았다. 종족 간의 격차를 제도와 교육으로 통합시키겠다고 말은 했지만 우리는 진실로 그런 걸 해본 적도, 고려한 적도 없는 생명체였다. 나와 다른 것들을 바라보는 시선에는 온화함이 깃들지 않으므로. 그 점을 애써 숨기고 감언이설을 바라기엔 청성은 사리판별이 우수한 사람이었다.

모이라이가 입을 크게 벌려 웃었다. 그의 축축한 목젖이 보였다. 지구에선 오른팔인 도월을 제외하고는 그 누구도 청성의 말에 반기를 들지 못했는데. 입을 굳게 다문 청성의 턱뼈가 일순간 도드라지는 것을 도월과 나는 분명히 보았다.

파르카이가 지구인의 싸늘한 표정을 눈치채고 모이라이에게 귓속말로 무언가를 전달했다. 그제야 모이라이는 표정 관리를 했다. 저쪽에서도 회장 시중 드는 건 부회장 몫이군, 역할까지 완전히 평행하는 세계였다.

"하하하하하, 농담입니다. 사실 지구의 거울이 SP이긴 하나 완전히 똑같지는 않습니다. 서로 다른 차원에 존재하기에 SP의 생명 자원은 지구의 것과 메커니즘 자체가 다릅니다. 지구인들은 먹지도, 마시지도 못할 테지요. 완전히 똑같은 것은 오직 우리, 그러니까 인간과 SP인들뿐입니다."

"그렇습니까."

"그리고 또 모르지요. 정말로 제 말처럼 서로 다른 두 존재를 억지로 한 공간에 놔뒀다가는 파괴적인 에너지가 생성될지도요. 그것이 물리적인 것이든 사회적인 것이든. 하하하하하. 물론 지구인의 과학기술이 한참 뒤처지니 같은 물질로 대우조차 못 받겠지만요."

청성은 대답하지 않았다. 지구의 존폐를 걸고 찾아온 곳이건만 재미없는 농담만 듣고 있는 꼴이었다. 에스페소에게 잡아먹힐 지구의 운명을 알고도 즐겁게 웃어대는 모이라이의 모습은 폭력적이기까지 했다.

"너무 서운해 마십시오. 지구는 예쁘니까 과학기술 정도는 뒤처져도 됩니다."

농담에는 굵직한 척추가 있었다. 청성은 분한 얼굴을 감추지 못했으나 확실히 SP의 과학기술은 지구와 비교 불가능한 수준으로 발달했다. 우리보다 일찍이 블랙홀을 발견하여 이름까지 붙여놓은 점, 이미 다른 차원의 행성들과 교류하고 있다는 점만 봐도 그랬다.

격차를 인식한 청성은 자존심이 상했는지 표정 관리가 잘 되지 않았다. 그는 능력주의자인데, 아마도 지금, 태어나서 처음으로 본인의 가치관이 날린 어퍼컷을 맞고 있는 중이리라. 애국심이 전혀 없다가도 축구 경기에서 지고 있는 조국을 보면 화가 나듯이 나 역시 언짢은 기분이 선명해졌다.

모이라이는 또다시 턱을 쓰다듬고는 말했다.

"SP에서 살지 못하더라도 방법은 있으니 도와드리겠습니다. 이주 가능 행성을 탐색해서 알려드리죠. 저희는 훨씬 더 광범위한 정보를 갖고 있고, 지구를 먼 차원의 가족같이 생각하니까요."

모이라이는 상대를 농락하는 데 일가견이 있었다. 우리의 기를 완전히 꺾어놓은 후에야 선심을 베풀었다. 청성이 그제야 조심스레 인상을 풀었다. 저 말이 사실이라면 분명한 수확이었다.

"대신에 조건이 있습니다."

드디어 파르카이가 입을 열었다. 그는 마치 이 대화를 미리 준비라도 한 듯이 발언을 시작했다. 준비된 스크린에 계약서를 구동해 보여주었다. 세상에 공짜는 없다더니 우주에서도 마찬가지였다. 역시 가족같이 생각한다는 말을 쉽게 믿어선 안 된다. 파르카이는 차가운 목소리로 조건을 읊었다.

"SP는 현재 행성을 유지하는 생명 에너지가 많이 고갈된 상태입니다. 반면 지구는 생명력의 노다지라 할 정도로 팔팔한 에너지가 넘쳐나죠. 그 에너지를 조금 빌려주시면 좋겠습니다. 사용한 후 돌려드릴 예정입니다. 지구인이 전달받게 될 폭넓은 대안 행성 리스트를 고려해보면 결코 손해 보는 조건은 아닙니다."

그들은 의아하게도 교환이나 지불이 아닌 대여를 요청했다. 이주 가능 행성 후보들을 얻되 무언가를 빌려주고 다시 돌려받는 일이라면 우리 쪽에선 분명 마이너스가 아니었다. 답변은 도월이 진행했다.

"그렇다면 SP에 전달할 자원을 준비할 시간을 주십시오."

"그럴 필요는 없습니다. 우리가 하나부터 열까지 스스로 빌리고, 반납하겠습니다. 지구인들은 별다른 액션을 취하지 않아도 됩니다. 이것은 배려입니다."

파르카이가 설명을 끝내자 AI 비서가 두 회장에게 서명용 만년필을 건넸다. 펜촉에 센서가 있어 스크린에 즉각 입력이 가능했다. 모이라이가 왼손을 상냥히 내밀며 서명을 재촉했다.

"우리와 운명까지 협력할 준비가 돼있습니까?"

청성이 오른손으로 턱을 쓰다듬었다. 고민할 때마다 나오는 그의 오래된 버릇이었다. 지구 대표로 온 사람은 셋이지만 모든 권한은 청성에게 있었다. 그는 눈을 감고 잠시 고뇌에 빠졌다. 포인트는 '잠시'였다. 여기까지 왔는데 맨손으로 돌아가서는 안됐다. 지구에는, 유토피안 회장에게는, 인류를 존속할 새로운 방법이 필요했다. 평행우주에 온 것은 지구 역사상 가장 위대한 선택이지만 다른 한편으로는 가장 절박한 선택이기도 했다. 이렇게까지 된 이상 뭐라도 해야 했다. 지금으로서는 SP와 협력하는 것이 가장 성공 가능성이 높아 보이는 선택지였다. 비록 모이라이의 태도는 영락없는 악당이었으나, 그저 자기 지적 수준에 과하게 도취된 엘리트의 모습이라고 여기는 수밖에 없었다. 아무리 재수가 없다 할지언정, 세상을 바꾸는 건 과학기술이라는 게 유토피안의 기조이기도 했으므로 거스를 명분이 없었다.

짧은 시간이 흐른 뒤 서명은 완료됐다. 회장끼리 악수를 나눴고 마치 MOU 체결을 할 때나 보이는 인위적 미소를 교환했다.

우리는 사무적 대화를 끝으로 자리에서 일어났다. 바깥에는 여전히 비가 내렸는데 만남을 기념하는 이슬비라기보다 망치려는 폭우에 더 가까웠다. 먼발치까지 먹구름이 드리웠으며 가로수들은 하염없이 잎을 상실하고, 또 생성했다.

정문 앞까지 가는 동안 수많은 SP 유토피안 직원들이 우리에게 존경을 표하며 인사를 했는데, 눈빛이 죄다 탁했다. 지구보다 더욱 발달한 문명의 행성에서도 야근은 피할 수가 없는 것일까. 지구인과 똑 닮은 그들의 앙상한 팔뚝에선 알 수 없는 위화감이 풍겼다. 선우와 똑같이 생긴 이를 목격했을 때 나는 소름이 돋아 두 눈을 질끈 감아버렸다.

모이라이의 말처럼 우리는 서로 닮았음에도 불구하고, 똑같은 껍데기를 바라보는 일은 전혀 기쁘지가 않았다. 우리는 서로의 유구한 역사와 의지에 대해서는 조금도 이야기를 나누지 않았다. 목적 외에는 관심이 없는 모습까지 판박이였다. 한 가지 의아한 점이 있다면 나와 닮은 존재는 없었다.

모이라이와 파르카이가 초월선까지 배웅해주겠다며 따라나섰으나 우리는 비가 거세게 오기도 하고, 가는 길에 아름다운 풍경을 눈에 더 담겠다는 이유로 거절했다. 덕분에 작별의 순간은 빨리 왔다. 청성이 깍듯이 고개를 숙여 모이라이에게 인사를 건네고선 만남을 마무리하려 했다.

"이런 역사적인 날, 날씨가 화창했다면 좋았을 텐데 아쉽습니다."

"우리는 날씨를 고를 수 있습니다. 오늘 폭우는 특별히 여러분을 위해 준비한 겁니다."

"폭우를요?"

"SP인은 폭우가 내리는 날을 좋아합니다. 이런 날 실내에 있는 자들은 바깥 위험과 철저히 단절되죠. 안전한 장소에서 바라보면 폭우가 몰아치는 날이야말로 가장 아늑한 날입니다. 차이에서 오는 안락함에는 희열도 있고요."

그는 희열이란 단어를 읊으며 비릿하게 입꼬리를 씰룩거렸다. 처절하게 젖어버리는 풍경이 없다면 성립하지 못할 협소한 안온. 상대의 파멸을 보아야만 느껴지는 기쁨이라면 그것은 기쁨보다는 잔혹에 더 가까웠다. 연약한 동백나무를 폭우 속에서 자라게 한 이유를 조금은 알 것 같았다. 머릿속이 명쾌히 정리되진 않았으나 우리 셋은 모두 SP인들의 성향이 결코 자애롭지 않음을 직감했다.

청성이 떨떠름한 표정을 숨기기 위해 최대한 이해하는 척 고개를 끄덕였다.

"문화 차이군요."

"우리와 함께라면 외부 위험을 그저 관망해도 된다, 뭐 그런 뜻으로 받아들이시죠."

"알겠습니다."

대화가 끝나자 어색한 침묵이 찾아왔다. 괜스레 서로를 향해 재차 고개를 숙이며 목례를 반복했다. 도월은 모이라이의 말에 별다른 반응을 하지 않았다. 그는 다만 대지의 젖은 흙을 손으로 훑으며 SP의 생명력을 여러 번 곱씹었다.

두 사람 뒤로 한 발짝 물러나있는 내게 파르카이가 작별 악수를 청했다. 나는 재빨리 셔츠에 손바닥을 문질러 땀을 닦고는 손을 내밀었다.

"당신에겐 같은 날, 같은 배에서 태어난 형제가 있지요?"

"여동생이 있어요. 어떻게 아셨나요?"

"당신과 평행하는 SP인은 없기 때문입니다. 쌍둥이는 존재 자체로 서로의 물질이자 반물질이 돼줄 수 있습니다."

"그럼 제가 쌍둥이 동생이랑 싸우면 둘이 같이 쌍소멸하겠네요."

파르카이가 오묘하게 미소 지었다.

"경우에 따라 위대한 에너지가 쌍생성될 수도 있습니다."

그의 웃음은 불순하지 않지만 이해 못할 말에 나는 고개를 끄덕이지 않았다.

지구인 셋은 꽃길을 다시 걸었다. 분명 올 때보다 길이 훨씬 더 두터워져있었다. 아름다운 빨강으로 가득 찬 세상에 폭우는 계속 쏟아졌다.

엄마 나 테레비 나와.

살면서 이 말을 하게 될 날이 올 줄은 몰랐지. 지구로 귀환하여 SP와 협약을 체결했다는 소식을 알리자마자 전 세계 언론에서 이를 대서특필했다. 뉴스고 일간지고 구분할 것 없이 유토피안의 업적을 알리기 바빴다.

청성과 도월 뒤에 짐꾼처럼 서있는 내 모습을 보고 누군가는 [사진마다 등장하는 저 여자도 직원인가요?] 김빠지는 댓글을 달았다. 그럴 때마다 익명으로 [기사를 잘 읽읍시다. 연구원이라고 쓰여 있잖아요.] 한 방 먹여주며 기분을 풀었다.

"최대한 빨리 행성 이주를 실현하겠습니다. 인류 존속을 위하여!"

기자회견에서 청성은 성과를 설명했다. 앞으로 SP로부터 대안 행성 후보군을 전송받아 지구 역사상 최초로 행성 이주를 실현시킨다는 선언이 메인이었다. 여기저기서 카메라 플래시가 쉴 새 없이 터졌다. 예전부터 알고는 있었지만, 청성은 자신에게 주어진 사명에 매우 헌신하는 존재였다. 5년 전, 30세라는 어린 나이에 회장직을 승계받은 인물답게 그는 쏟아지는 플래시 세례에도 눈 하나 깜짝이지 않았다. 오히려 결의에 찬 모습을 보이며 당연하다는 듯이 포즈를 취했다. 오른손으로 불끈 쥔 주먹을 내세울 때마다 기자들이 시선을 갈구했다. 그 모습은 전대 회장이었던 그의 아버지와도 무척 닮아보였다. 결코 부친을 뛰어넘지 못하리라는 세간의 평가가 오늘 보기 좋게 깨졌다.

물론 계약 대가로 우리 측에서도 무언가를 제공해야 한다는 점을 말하는 순간 분위기는 나빠졌다. 청성은 별거 아니라며 짧게 언급하고 회견을 끝내고 싶어 했으나 기자들이 허점을 놓칠 리 없었다.

"대여요? 구체적으로 무엇을 말하는 것이죠?"

"정확히는 알 수 없지만 확실한 건 주는 게 아니라 빌려주는 겁니다. 돌려받을 수 있습니다."

"각국 총수와 사전 논의도 없이요?"

"대의를 위해섭니다. 우리 유토피안은 리빙쉘 데이터를 모두 관장하고 있기에 생명체의 안위를 책임지는 일에 누구보다도 막중한 사명감을 느끼고 있습니다."

에너지 자원을 대여해준다는 조건을 발표하자마자 또 한 번 플래시 세례가 쏟아졌다. 이번에 청성은 포즈를 취하지 않았다. 지구의 찬란한 미래나 기술 진보, 뭐 그런 것보다는 몇몇 기자들이 원하던, 물어뜯을 만한 꼬투리였다. 공격적인 질문이 집착적으로 쏟아졌다. 하지만 이 정도도 예상하지 못했다면 전 세계 우주 과학을 통솔하는 유토피안의 꼭대기에 설 수 없었겠지. 청성의 목소리에는 흐트러짐이 없었다.

"우리는 혁신의 씨앗을 받았습니다. 이제 데이터피안의 허무맹랑한 가상세계에 농락당하지 않아도 됩니다. 우리는 확실한 세상을 보고 왔고, 월등한 존재와 협력을 약속했습니다. 어째서 사소한 점에 집착하며 발목을 잡으시려는 겁니까? 유토피안의 도약은 지금부터입니다."

우주 쌍둥이 아니랄까 봐. 비록 모이라이보단 못했지만 청성도 능숙했다. 사람을 어떻게 통제해야 하는지를 알았다. 가급적 유토피안이 이뤄낸 결과만 강조해달라는 의도를 드러낸 것이다. 그는 이러한 방식으로 기자들이 쓸 기사가 인류 미래의 발목을 잡는다는 점을 강조하며 입단속을 시도했다. 그가 뱉는 말 어디에도 '부탁합니다'는 없었다. 그러나 우리는 기자회견을 지켜보는 내내 알 수 있었다. 만약 누군가 유토피안을 비난하는 기사를 썼다가는 법무팀의 총공을 받게 되리라. 다들 모르지 않는 눈치였다. 청성의 단호한 음성이 천둥처럼 프레스존에 울려 퍼졌다.

"미래지향적인 식견을 가져주십시오."

그 후 청성이 먼저 자리를 떠나자 도월이 뒤이어 기자회견을 이어갔다. SP의 특징, 지구와의 차이점, 에스페소 관련 수집 자료를 브리핑했다. 도월은 언제나 가장 빛나는 무대를 청성에게 기꺼이 양보했고 뒤를 정리할 뿐이었다.

실시간으로 기자회견 상황을 지켜보던 우리 팀 역시 회장의 퇴장과 동시에 각자 자리로 돌아갔다. 지구의 멸망이 코앞이건 말건 근로자는 해야 할 일을 해야 했다. 안 그랬다가는 지구 멸망 전에 인사팀에게서 근무 태만 경고를 받을지도 모르니.

하지만 나는 선우의 자리로 슬금슬금 다가갔다. 귀환하자마자 내가 처리해야 할 가장 시급한 업무는 이것이었다.

"SP인들이 네가 고른 소나무 분재를 정말 좋아하더라."

선우가 업무 일지를 정리하다 입을 알밤처럼 동그랗게 오므렸다.

"오! 진짜? 내가 말해준 의미도 잘 전달했어?"

"그럼. 다 전달했어. 감동하더라."

"역시! 좋아할 줄 알았어."

선의의 거짓말은 오직 한 사람을 기쁘게 해주기 위함이었다. 그는 기분이 좋은지 헤실거리며 다시 고개를 돌렸다. 그 미소를 보고나니 나는 이제야 지구에 돌아왔다는 기분이 들었다.

아무렴 잘한 일이었다.

유토피안에 융숭한 대접이 쏟아졌다. 기자들의 노고 덕이었다. 언론은 유토피안을 인류의 구원자로 둔갑시켰다. 글로벌 기업으로부터 막대한 투자금과 후원금까지 들어온 탓에 한동안 재무팀에선 자금 핸들링 문제로 난리가 났을 정도였다. 혁신의 씨앗이 된 우리는 목에 건 사원증만으로도 어디를 가든 귀인 대접을 받았다.

"귀환 3인조 사진에 있던 여자분 아니세요?"

나 역시 내심 사람들의 시선을 즐겼다. 이때가 아니면 언제 누려보겠어.

청성은 각종 매체에 출연하여 SP에 대하여 보고 들은 것을 상세히 서술했다. 그가 하는 말들은 즉각적으로 우주과학계의 역사가 됐고 문장 한 줄 한 줄마다 생명이 부여됐다. 인류는 평행 우주의 발견과 파견, 그리고 협력까지 모조리 이뤄낸 사실에 열광했다. 그간 유토피안이 지상 과제로 내세웠던 행성 이주가 근시일에 실현될 청사진으로 변모하는 중이었다.

과거 진행한 행성 이주 실험 실패로 수많은 생명체가 목숨을 잃었으며 여전히 이에 대한 책임을 묻는 울부짖음이 있었으나 이제는 종식이 가능해보였다.

그리고 유토피안의 적군들에게도 심판이 내려질 차례였다.

00kixx07: SP인이 우리를 진짜 도와주려 했다고? 뭘 위해서? 이상해.

yeri0317: 살아도 다 같이 사는 건데, 그런 문제도 유토피안은 자기들끼리만 알고, 계약하고, 자화자찬.

spaceXdata: 난 끝까지 데이터피안을 지지해. 행성 이주?로 4행시나 지어보겠습니다.

└RE: 으휴 인터넷 음모론자들이 지구를 말아먹네.

└RE: 음침해! 평생 온라인에서만 살아. 제발 방 밖으로 나오지도 마.

데이터피안은 그야말로 쑥대밭이 됐다. 코어 지지자만 폐허에 남아 뉴네시스 이주를 외쳤다. 실체도, 업적도 존재하지 않는 그들은 온라인의 먼지가 됐다. 데이터피안을 지지한다고 말하면 사이비로 몰리기도 했다. 유토피안의 성공으로 데이터피안의 파멸은 세계인의 유희로 전락했다.

사람은 쉽게 새의 부리를 꺾고, 악어의 가죽을 벗겨내었으며 코끼리의 상아를 뽑았다. 그러니 보이지 않는 타자의 가치관쯤 바닥으로 내모는 일은 죄책감조차 유발하지 않았다. 문어빵 굴리듯 쉽게 뒤집히는 여론이 기괴했으나 모쪼록 내가 속한 유토피안이 대우를 받고 있으니 손해 볼 건 없었다. 그러므로 나는 무엇도 두렵지 않았다.

오랜만에 먼저 예리의 방문을 두드렸다. 이 정도로 상황이 바뀄었으면 그녀가 데이터피안을 지지하던 입장을 철회하고, 내게도 꽁지를 내릴 거라 기대했기에. 이 모든 생각은 '그래도 내가 언니니까'라는 서열 의식 덕에 거리낌 없이 이어졌다.

"구예리. 얘기 좀 해."

충분한 노크 후에 문을 열었지만 그녀는 고개만 건성으로 돌려 나를 훑더니 다시 모니터에 얼굴을 처박았다.

"너 언제까지 그러고 살래?"

"시비 걸려고 왔어? 나가."

문을 연 내가 잘못한 걸까, 반겨주지 않는 네가 나쁜 걸까. 그녀의 냉대에 순간적으로 부아가 치밀었다. 왼뺨에 돋아난 반점들을 볼 때마다 밉다 못해 짜증이 났다. 머릿속에서 정리도 하지 않은 채 나는 공격을 시작했다.

"한 집에 살면서 맨날 방구석에만 처박혀있는 게 한심해서 그래. 네가 말하는 뉴네시스인지 뭔지 그 말도 안 되는 가상세계가 전 세계적으로 놀림거리가 됐다는 거 너도 알지? 그냥 거기서 캐릭터 옷 갈아입히는 정도만 해. 이제는 정신 좀 차리고 살자."

음, 처음부터 이렇게 말하려 했던 건 아니었다. 이왕이면 잘 얘기하고, 언니로서의 자긍심도 채워가려고 했는데 저 애를 보면 나도 모르게 험한 말이 튀어나왔다. 회사 동료들에게는 절대로 보이지 못하는 모습을 나는 세상에서 나와 제일 닮은 여자에게 거리낌 없이 보였다. 토악질하듯 쏟아낸 경멸 뒤에는 후련함과 미안함이 난잡히 엉켜있었다.

예리는 익숙하다는 듯이 눈 하나 깜짝하지 않았다.

"그런 말을 아무리 해봤자 나는 뉴네시스로 인류를 존속해야 한다는 생각을 바꾸지 않아."

"넌 진짜 사회부적응자야."

"난 언니한테 아무것도 강요하지 않는데 왜 언니는, 언니처럼 살지 않는다고 나를 부적응자로 생각해?"

"몰라서 물어?"

내 동생의 심장은 철판으로 돼있다. 저리 뻔뻔하다니. 어쩌면 저 애의 머리통에 든 뇌까지 철판으로 만들어졌을지도. 그 뇌에서 논리를 기대할 바에야 닭갈비나 지글지글 구워 먹는 게 더 나을지도 모른다. 육성으로 내뱉은 폭언을 미안하게 느낀 것도 잠시, 다시 예리를 향한 시선이 뜨거워졌다. 사그라들지도 않고 이는 불꽃은 의아할 정도였다.

바깥에선 또 비가 내렸다.

"너 대학 안 갔지. 취업 안 했지. 엄마가 힘들게 일할 때 도움이라도 준 적이 있어? 나처럼 공부를 열심히 했어? 좋은 곳에서 빨리 돈 벌려고 시도를 했어? 맨날 컴퓨터 붙잡고 되도 않는 가짜 친구 사귀면서 허송세월 보낸 게 전부 아니야? 남들처럼 살아보려는 시도는 했어? 너는 대체 뭘 위해서 살아? 1인분도 제대로 못 해내면서 늘 자기방어적으로 생각하고, 어둠 속에 숨기만 하고. 진짜 짜증나는 거 알아? 그냥 집을 나가. 호적에서 널 파버리고 싶어. 우리가 쌍둥이라는 게 정말 역겹거든."

음, 역시 이 정도로 말할 생각은 없었다. 실처럼 내리는 빗줄기가 둘 사이의 어긋나는 마음을 가까스로 붙잡고 있었다.

예리는 아무 말 없이 눈만 끔뻑였다. 나를 바라보지 않고 벽을 바라봤는데, 액자 하나 없는 텅 빈 베이지색 공간이었다. 나는 그녀가 제발 울지만은 않길 바랐고, 그녀는 다행히도 울지 않았다. 대신에 서랍을 뒤적거리더니 서류 한 장을 꺼내들었다.

"나 취업했어. 메타오피스 기관이야. 방구석에 처박혀있는 게 아니라 나는 나대로 일을 하고 있어. 엄마한테 이번 달부터 생활비도 줄 수 있어."

"메타오피스 기관? 그게 뭔데. 출근 안 하잖아, 너?"

"한 달에 한두 번만 출근하고 재택이야."

"연봉은?"

"언니한테 말하고 싶지 않아."

"제대로 된 곳 맞아? 취준생 상대로 등쳐먹는 업체 많다던데 네가 딱 그렇게 바보처럼 당하는 건 아니고?"

예리는 보여줬던 서류를 신경질적으로 회수하여 다시 서랍 안에 넣어버렸다. 그녀의 미간에 잔잔한 파도가 일었다. 좀처럼 감정을 드러내지 않는 아이치고는 거센 반항이었다. 나는 차라리 솔직한 모습에 속이 시원했다.

"나는 언니처럼 국영수 성적에 목매달며 살지 않았어. 주변 사람들에게 인정받는 일에도 집착하지 않았어. 나는 나를 이해해주는 사람이 한 명만 있으면 상관없었고, 그 사람들은 다 가상세계에 있었어. 뺨을 감추려고 기를 썼던 언니랑 똑같은 마음으로 나도 버티며 살았어. 가는 길이 다를 뿐이야. 내가 아무리 말해봤자 언니는 몰라. 지금 인류의 상황만 봐도 그래. 유토피안이 정말로 행성 이주에 성공할 것 같아? 똑같은 얼굴을 한 언니조차 내 존재를 혐오하는데, 지구를 받아줄 세계가 있다고 생각해? 가장 가까운 사람도 이렇게 미워하면서 어떻게 남의 세계를 탐내."

"어쭈, 다 떠들었냐?"

"나가."

"야, 너 지금 말……."

"나가라고!"

등이 떠밀리며 방 밖으로 내쫓겼다.

문은 쾅음과 함께 닫혔다. 고작 4평짜리 공간에 그녀는 다시 자발적으로 감금됐다. 나는 문 밖에서 한참을 서 애꿎은 문고리만 노려보았다. 이걸 한 번 더 잡아 돌리면 그녀의 연약한 세계를 또 부술 수 있다. 하지만 동생의 목소리에는 왠지 그림자 같은 아우성이 있던 것 같다. 눈물 대신에 음성에 눅눅하고 짠 물기가 가득했다. 나는 더 이상 문고리를 잡아 돌리지 못했다.

그녀를 외톨이로 만들지 않기 위해 노력했던 시간을 상기했다. 나처럼 공부를 하라고 강요했고 동아리에 가입해 많은 친구를 사귀라고 압박했다. 유행에 맞는 옷을 입으라 요구했고 긍정적인 생각을 하라 부탁했다. 울지 말고, 힘들어도 웃어. 포기하지 말고 앞만 보고 나아가. 사람들의 비난에도 버텨. 쓰러지지마. 이겨. 맞서 싸워. 쟁취해. 올라가. 그 모든 말은 분명 너를 위한 말이었는데 너는 자꾸만 내게서 더 멀어졌다. 이 벽 너머의 아이는 내게 낯선 우주가 됐다. 그것도 아주 머나먼 차원의.

그럼에도 이번 기회에 동생이 깨닫는 게 있으면 좋겠다는 마음은 변함없었다. 오른뺨을 매만져 표면에 돋아난 모반들을 확인했다. 익숙한 요철이었다. 내게 남은 건조한 질감을 느낄 때마다 동생을 떠올렸다.

파르카이가 했던 말이 생각나네. 자매에게는 절대 합치되지 않는 결이 존재했다. 우린 껍데기 말고는 전부 달랐다. 그러니 동질감을 느낄 리 없었다.

동생의 손목에 둘러져있던 얇은 실팔찌가 눈앞에 아른거렸
다. 하늘에서 쏟아지는 빗줄기와 팔찌가 겹쳐보였다.

초월선 이동실에 정체불명 포털이 하나 열렸다. 푸른 섬광이
노이즈처럼 방출되며 아무리 들여다보아도 어둠밖에 보이지 않
는 정체불명의 문이었다. 직원이 실험용 쥐 한 마리를 꺼내와
포털 안으로 넣어보았으나 쥐는 어둠 속으로 흡입되지 못하고
팅겨 나왔다. 우리는 포털이 특정한 존재를 위해 생성된 것임을
확인했고, SP인이 계약과 관련된 무언가를 수행하기 위해 열어
놓았다고 간주했다.

포털과 동시에 SP인은 약속한 대로 대안 행성 후보군을 유토
피안 중앙 서버로 송신했다. 차원을 넘어 도착한 데이터임에도,
그들은 우리의 편의를 고려하여 지구의 언어로(안타깝게도 한국어
가 아닌 영어였다) 상세히 기술했다.

온 연구원들이 중앙센터에 모여 다 같이 환호했다. 성공적으
로 데이터가 열리고, 우주과학 역사가 널뛰기를 하는 순간이었
다. 회식 때마다 멀찍이 떨어져 앉던 책임 연구원과 수석 연구
원마저 얼굴을 마주보고 기뻐했다. 정말로 행성 이주라는 목표
를 달성하기 직전이었다. 직원들은 저마다 속물적인 기쁨을 나
누었다.

"이번 상여금은 연봉 대비 500% 이상이겠죠?"

"당연하죠. 시리우스 센트럴 신축 아파트 가자고!"

"전 행성 이주가 끝나면 뉴욕 지사로 인사 이동 신청할까 봐요."

기록적인 투자금과 성과. 유토피안의 축제는 이제 막 시작이었다. 송신된 결과물을 확인한 청성은 앞으로 있을 연구의 사기를 독려하는 차원에서 포상휴가를 약속했다. 막대한 상여금 역시 기대해도 좋다는 말을 남겼다. 희망 고문이 아니었다. 확실한 열매였으니 각자 입을 벌리고 받아먹을 준비만 하면 됐다.

내가 전 세계 유토피안을 통솔하는 메인 지부에서 근무한다는 점이 무척 자랑스러웠다. 그냥 먹고살려고 일하는 공간인 줄 알았는데 정말로 우리가 세상을 바꾸는구나. 포상을 많이 받는다면 내게도 생각해둔 일이 있었다. 첫째로는 그동안 극구 외면해왔던 장녀 노릇을 좀 해보는 것. 일하느라 바쁘다는 핑계로 너무 오래 유예해왔으니.

엄마는 얼마 전까지 환경미화 일을 했다. 우리 자매는 그런 엄마 덕에 늘 정돈된 집에서만 살았다. 자매의 옷엔 좀처럼 즐거운 흙먼지나 소금기 가득한 바닷물이 배지 않았다. 여행 한번 없이 살아온 시간이 길었기에. '부모'라는 두 글자중 한 글자가 빠진 자리를 채우기 위해서는 세 사람이 각자의 자리에서 치열히 버텨내야만 했다.

업무는 산더미 같지만, 콧바람 한번 쐬는 일 정도는 괜찮지 않을까. 곧 생일이기도 하니 가족 여행을 가보고 싶었다. 동생을 빼고 갈 수는 없으니, 싫지만 그녀도 함께 데려갈 생각이었다. 내가 사회에서 이토록 좋은 대우를 받는 걸 보면 생각이 바뀔 거다. 나는 동생도 나처럼 제발 좀 열심히 살아주기를 바랐다. 그녀의 생활방식은…… 나태하다 못해 한심할 정도였으니까.

사내 인트라넷에 게시된 상여금 지급 공지를 본 팀원들은 전부 엉덩이를 들썩거리며 파티션 너머로 눈빛을 교환했다. 즐거운 담소가 오갔고, 부장마저도 업무 외 수다에 동참했다. 우리는 업무에 집중하지 못하고 앞으로 이 돈으로 각자 무엇을 할지 저마다 행복 회로를 돌리느라 바빴다.

옆자리에 앉은 선우 역시 기분이 좋아보였다. 나는 그에게 업무를 전달하는 척 말을 걸었다.

"상여금 받으면 뭘 할 거야?"

"아직 생각은 안 해봤어. 너는?"

"나는 가족들이랑 남부로 여행을 가볼까 해. 곧 내 생일이기도 하고. 다 같이 여행을 한 번도 간 적이 없거든. 목돈 크게 들어온다니까 되게 기분 좋다, 그렇지?"

"그렇네."

선우는 희미하게 웃고선 모니터로 시선을 옮겼다. 사원, 선임, 책임, 수석, 팀장과 부장. 같은 공간을 나눠 쓰는 사람들이 상여금과 무엇을 교환할지는 내 알바가 아니었다. 어느 날 갑자기 보이스피싱을 당해 상여금을 몽땅 날린다 해도 역시 내 알바는 아니었다. 하지만 선우가 무엇을 할지만큼은 알고 싶었다. 나랑 아무런 관련이 없는, 알아봤자 어디에 써먹을 곳조차 없는 너의 욕심이 요즘 들어 부쩍 궁금해졌다.

"참, 돈 쓰고 싶은 일 생각났어."

"뭔데?"

"아침마다 B호선을 타고 출근하는데 사람이 미어터져. 매일 지옥으로 워프하는 기분이야. 이참에 적금 깬 돈을 보태서 회사 근처로 집을 옮길까 해."

"오! 좋은 생각이다."

선우가 주변의 눈치를 살피더니 양 손을 입 근처에 갖다 댔다. 그리고는 작은 목소리로 비밀스레 속삭였다.

"집들이하면 놀러 올 거지?"

그때 부장이 헛기침을 하며 잡담을 멈추라 크게 외쳤고, 직원들은 다시 의자에 엉덩이를 붙였다. 적당한 자숙 시간이 끝난 뒤 사내 분위기는 원래대로 돌아갔다. 물론 평소보다 들뜬 표정과 경쾌해진 키보드 마찰음은 숨겨지지 않았다.

부장의 눈을 피해 쪽지를 적은 다음 선우에게 전달했다.

'당연하지.'

포상을 핑계 삼아 해보고 싶은 두 번째 일이 생각났다. 나는 꽤 오랜 시간 동안 이 일을 미뤘다. 하지만 오늘만큼 전 직원의 행복 지수가 올라간 날은 흔하지 않았다. 오늘이 거사를 치르기에 적합한 날은 아닐지 몰라도 쉬운 일부터 시도하기에는 최적의 날일지도 몰랐다.

선우에게 내 마음의 귀퉁이 정도는 전달하고 싶었다. 너와 고른 소나무 분재 덕에 평행우주 출장을 잘 끝냈어, 회장과 부회장도 마음에 들어 했어, 직장생활 하는 동안 이것저것 도와줘서 정말 고마웠어, 사실은 많이 힘들었는데 네가 큰 도움이 됐어. 어떤 핑계를 대더라도 적절해 보이는 시점이었다. 오늘을 놓치고 또다시 시간이 흐른 뒤, 미래에 그깟 작은 마음 하나 표현하지 못해 전전긍긍하는 내 모습을 보기는 싫었다. 오늘은 그를 위해 선물을 사야겠다.

점심시간이 되자마자 지갑을 챙겨 일찍이 자리에서 일어났다. 엘리베이터가 만원이라 비상계단을 선택하는 게 더 빨랐다. 그때 아래층에서 나보다 먼저 나간 팀원들의 목소리가 들렸다.

"우리 회사가 확실히 신의 직장이긴 한가 봅니다. 친구 녀석이 직원을 자꾸 소개해달라고 하는데 괜찮은 싱글 없습니까?"

"많잖아. 가까이에도 있고."

"가까이 누구요?"

"하리 씨 싱글이라고 하지 않았나? 나이도 젊잖아."

"에이, 구하리 씨는⋯⋯."

계단을 내려가지 못하고 잠시 멈춰 섰다. 난간을 잡고 있던 손이 경미하게 떨리기 시작했다. 심장은 뒤에 이어질 말이 무엇인지 예측을 끝내버렸다. 심장이 제멋대로 박동하기 시작했는데 이 감정은 분노와 닮았지만 훨씬 더 무력했다. 나는 듣고 싶지 않은 말을 들어 버릴지도 모른다는 생각에 두려워지기 시작했다. 사타구니에 힘이 들어가고 뒷목이 빳빳하게 굳었다.

"⋯⋯친구한테 소개하기엔 흉하죠."

혹시라도 거친 호흡이 나올까 봐 한 손으로 입을 틀어막고 가만히 자리에 주저앉았다. 흔한 일이었다. 긴장감이 풀어지고 마음이 편해질 때까지 기다리기만 하면 되는 일이었다. 정말로, 정말로, 아무 일도 아니었다.

"하긴 혼자인 데는 이유가 있지. 하리 씨가 머리는 참 좋은데 말이야."

"호호. 다들 너무 하시네요. 당사자가 들으면 서운하겠어요."

"없으니 하는 소리지 뭐."

"틀린 말은 아니긴 해요. 호호."

"그래도 옆자리 선우 씨가 잘 챙겨주니까 회사생활 잘 하고 다니잖아. 이런 얘기는 우리끼리만 하는 걸로 해. 괜히 직장 내 괴롭힘으로 신고당하지 말고."

"에이, 회사 생활 말아먹을 일 있어요? 전 절대로 앞에서 티 안내요. 근데 선우 씨도 고졸 전형으로 입사했는데 저랑 연봉이 똑같으니 은근히 밉상이긴 해요."

"한 명은 소프트웨어는 좋은데 하드웨어가 흉하고, 다른 한 명은 하드웨어는 말짱한데 소프트웨어가 구리고. 딱 둘 장점만 버무려서 한 명으로 퉁치면 완벽하겠고만."

비상계단의 바닥은 차갑고 단단했다. 나는 손바닥으로 느껴지는 싸늘한 온도에만 집중했다. 서글픈 생각이 냉기의 틈 사이로 침투하지 못하게끔 계속해서 손바닥으로 더러운 바닥을 쓸었다. 길을 잃은 아이처럼 손끝이 계단 끝에서 뱅글뱅글 돌았다. 절망적인 행위를 거듭할수록 손에 먼지만 잔뜩 달라붙었다.

뭐, 저런 말 할 수도 있지, 처음 듣는 것도 아냐, 날 싫어할 수도 있지, 그럼, 그럼, 별거 아니지, 진짜로 별거 아니야……. 나는 내 세계를 부술 수 없어. 그러니까 이를 악물고 받아들이는 수밖에. 스스로에게 위선적인 사람이 되는 일은 편했다. 이길 수 없는 감정에 매몰되는 것보다야 잠깐 고개만 돌리는 편이 차라리 더 안락하니까.

팀원들을 피해 건물 밖으로 빠져나오고서야 아무렇지 않게 손을 털었다. 슬프지도, 화가 나지도 않았다. 잠깐의 모욕일 뿐이었다. 뺨에 돋아난 점들은 내가 결코 타인과 동등한 존재가 되지 못한다는 걸 이처럼 불시에 상기시켰다. 나는 가끔의 모욕을 원동력 삼아 여기까지 왔다. 그러니 이 점들은 나를 살게 하고, 또 죽게 하는 참으로 원망스러운 짝이었다.

그런 내가 유토피안에 처음 입사했을 때 선우는 유일하게 마음의 빗장 없이 다가와준 동료였다. 그래서인지 해주고 싶은 게 많았다. 이건 애정이 만든 충동만은 아니었다. 나는 적어도 그가 유토피안이라는 세계적 기업의 소속원으로서 맞닥뜨려야 했을 부당함을 알았다. 다른 이들은 그것이 '부당함'이라는 것조차 알지 못하지만, 나는 알았다. 함께 겪지 않고서야 쉬이 알지 못하는 감정들을 우리는 서로에게 알리지 않고서도 공유할 수 있었다. 그것은 동정도, 측은지심도 아니었다. 조용하고 사적인 연대일 뿐이었다. 세상이 관대해지는 속도는 더디기만 했기에, 나는 그에게 언제나 마음을 한 조각 정도는 나눠주고 싶었다. 무럭무럭 자라나는 조각이 언젠가는 예쁘고 완전한 한 판을 이루길 바라며. 그렇게 네 우주를 이루는 작은 은하로 성장하길 바라며.

디저트 카페에 도착해 쇼윈도를 살폈다. 화려한 가나슈 세트에는 절대로 카드 청구서에 포함시키고 싶지 않은 가격표가 붙어있었으나 망설임 없이 주문했다. 빨리 녹는 게 흠이긴 해도, 가나슈는 부드러운 식감 덕에 선우가 가장 좋아하는 디저트였다. 이곳의 가나슈는 특히 맛이 좋고, 사람들 사이에서 평판도 좋았다.

직원이 빨간 공단 리본으로 선물 포장을 하며 물었다.

"세트를 구매하시면 엽서카드도 함께 드리는데, 문구 작성해 드릴까요?"

"제가 적을게요."

"그럼 쇼핑백 안에 동봉해 드릴게요."

"감사합니다."

편지에 적을 핑계들을 머리에 떠올렸다. 직장 동료에게 부담을 주지 않고 고급 디저트를 선물하면서, 각별한 마음까지도 담는 방법. 쉽지는 않은 일이었다. 하지만 쉬운 일보다는 언제나 어려운 일을 해결하는 게 더 재미있어. 부디 맛있게 먹어주길 바라며 쇼핑백을 들고 회사로 복귀했다. 나와 선우를 모욕했던 직원들과 로비에서 마주쳤고, 그들은 나를 향해 평소처럼 가식적으로 인사를 해주었다. 얼굴에서 들뜬 마음이 티가 났는지 무슨 좋은 일이 있느냐 내게 물었으나, 나는 그들처럼 염치없게 웃어줄 용기가 나지 않아 어영부영 말끝을 흐렸다.

곧바로 자리로 복귀했다. 원래 선우와 나는 보통 늦어도 12시 50분까지는 착석을 마쳤다. 그러지 않으면 쓸데없이 책잡히기 쉬웠으니까. 더럽고 아니꼬워도 시간만큼은 남들보다 빡빡하게 챙기며 살았다. 그런데 1시에 가까운 시간임에도 선우는 아직 자리에 없었다. 괄괄한 성미 탓에 식사를 함께할 동료가 없어 혼자 사무실에서 도시락을 시켜먹은 부장만 이를 쑤시고 있었다.

"부장님 혹시 선우 씨는요?"

"아직 안 왔어. 복귀할 시간 지났는데."

"곧 오려나요."

"전화해볼까?"

"아니에요."

내부는 난방이 가동되고 있는 탓에 후덥지근했다. 자리에 올려두면 가나슈가 금방 녹을 게 뻔했다. 선우가 얼른 복귀하면 좋겠다.

자리에 앉아 업무를 보는 척 편지를 쓰기 시작했다. 거창한 말은 하고 싶지 않아 최대한 '오는 김에 주웠다' 감성으로 써보려 했지만 유머 감각이 없는지라 쉽지 않았다.

창문 너머로 휭한 바람이 불었다. 그 바람은 평상시와 촉감이 달랐고, 가벼운 살 냄새가 풍겼다. 지릿지릿하는, 전기가 통하는 듯한 소리도 들렸다. 피부 겉면을 스치는 이질적인 감각이 느껴졌고, 닭살이 돋아나 몸을 부르르 떨며 사방을 살폈다.

"부장님?"

조금 전까지 대화를 나누었던 부장이 사라졌다. 화장실을 간 걸까. 이상했다. 그는 분명 여기에 있었는데. 볼펜을 쥔 채로 복도로 나가보았다. 복귀하던 직원들이 발목만 남은 채로 전신을 상실하고 있었다.

가나슈가 전부 녹을 때까지 나는 선우를 만날 수 없었다. 내 세계의 새로운 챕터는 소중한 것을 도둑맞으며 시작됐다.

사람들이 사라졌다. 옆 건물 직원들이 사라졌으며 카페 주인도 사라졌다. 전 세계에서 수만 명이 실종됐고 이런 일이 며칠에 걸쳐 반복됐다. 어디론가 떠난다는 말도 없는, 지나치게 갑작스러운 이별이었다.

공통된 기준 없이 무작위로 증발했으며 그건 선우도 마찬가지였다. 비극이라는 두 글자로 명쾌히 압축하기엔 너무나 커다란 사건이었다.

"엄마 괜찮아? 전화 안 받을까 봐 걱정했어."

"나는 집에 잘 있어. 그런데 201호 지영이 엄마랑 714호 할아버지가 어제 사라졌다더라. 경비 아저씨도 안 보여. 이게 무슨 일이니."

"나도 잘 모르겠어. 예리는?"

"살아있어."

미칠 듯이 증폭되는 두려움과 불안함이 남아있는 사람을 떨게 했다. 다행인지 불행인지 대규모 실종사태는 몇 차례 반복 이후 추가로 더 발생하지 않았다. 남은 인구는 온갖 매체를 통해 서로의 잔존을 알려야만 했다.

시시각각 엄마의 안부를 확인했다. 집에 가면 언제든 만날 수 있는 사람이란 조건이 어긋나는 순간, 그것이 얼마나 큰 공포가 되는지는 겪어야만 아는 감정이었다. 보장할 수 없는 일상을 서로 확인하기 위해 사람들은 한순간도 휴대폰을 놓지 못했다. 회사에서도 가족의 안위를 확인하는 연락이라면 근무 중 얼마든지 해도 된다며 권장했다. 애석하게도 직원을 위한 배려는 아니었다. 여기에는 약간의 위선이 섞여있었다.

청성은 끔찍한 상황이 발생한 순간에도, 행성 이주 프로젝트에 사활을 거는 일을 게을리 하지 말라 지시했다. 이를 위해서는 직원들의 불안함을 덜어주는 척이라도 해야만 했다.

[수신: 이제 시작된 거야. 언니가 믿는 유토피안이 무슨 일을 저질렀는지 알겠어?]

[발신: 제발. 이렇게 위급한 상황에도 그런 말을 해야 돼?]

[수신: 나 장난치는 거 아니야.]

[발신: 너 뭔가 아는 거라도 있어?]

[수신: 없지만 인간에게만 있는 여섯 번째 감으로.]

부정하고 싶었으나 의심쩍은 연결고리가 있었다. 불시에 수만 명이 사라진 이 끔찍한 사건은 결코 간단한 방법으로 만들어낼 만한 전개가 아니었다. 인류는 아직 마법사를 품지 못했다. 우리는 이 정도로 많은 인원을 삽시간에 옮길 방주도 건조하지 못했다.

하필이면 재앙이 일어난 시점과 SP로부터 리포트를 송신받은 시점이 겹쳤다. 의문의 포털이 열렸고, 오랜 시간이 지나지 않아 사람들이 증발했다. 포털은 여전히 열려있었지만 아무것도 알려주지 않았다. 또한 정보보안팀에서는 리빙쉘 데이터를 보관하는 허브 포트가 매우 치밀한 시스템에 의해 해킹을 당했다고 보고했다. 그 해킹으로 인해 리빙쉘 체계가 파괴되지는 않았으나 거의 전 인구에 대한 데이터가 멋대로 열람된 이력이 남았다고. 휴게실에서 휴식을 취하는 보안팀 직원은 눈에 띄게 줄었다. 그들은 운이 좋아 대량 실종을 피해갔지만, 해킹 사건을 조사하느라 사무실에 거의 감금되다시피 노동해야만 했다.

나는 예리에게서 받은 문자 내용을 신경 쓰고 싶지 않았다. 그러나 상황을 상세히 알고는 싶었다. 적어도 유토피안에 소속된 직원으로서 내가 알 수 있는 내용에 대해서는 모두 알아야만 하니까. 그러지 않으면 점점 더 커지는 공포감에 질식할지도 몰랐다.

5층 사내 카페에서 음료 심부름 중인 보안팀 막내 인턴에게 다가갔다.

"안녕하세요. 보안팀 소속이시죠?"

그녀가 내 가슴팍의 명찰을 빠르게 훑더니 고개를 숙여 인사했다.

"네, 맞아요! 안녕하세요!"

"너무 힘주지 않으셔도 괜찮아요. 이런 상황에도 출근해서 일을 한다는 게 참 고역이죠?"

"아닙니다. 괜찮아요오……."

"리빙쉘이 해킹당했다는 소식을 들었어요. 상황이 많이 심각한가요?"

"음, 전해 듣기로는 정보만 열람됐을 뿐 아직 손실된 데이터는 발견되지 않았어요."

"누가 그랬는지는 모르죠?"

"어…… 그게…… 저는 인턴이라…… 그런 것까지는……."

"모르면 모른다고 해도 돼요. 그냥 궁금해서 묻는 거예요."

"아! 그렇군요, 다행이다. 아직은 아무도 몰라요. 선대 회장님 데이터가 날아갔으면 회사가 뒤집어졌을 텐데 그 데이터도 잘 살아있고요."

카페 바리스타가 캐리어에 음료 열 컵을 모두 담았다. 인류가 대량 증발한 상황에서도 사람들은 업무 중 음료는 모두 아이스 아메리카노로 통일하여 마실 만큼 기막힌 항상성을 유지했다. 인턴은 오래 쉬면 혼이 날 거라며 난처한 얼굴로 내게 고개를 숙여 인사한 뒤 캐리어를 챙겨 사무실로 돌아갔다. 아마 내가 없었다면 눈치 보지 않고 5분 정도는 더 쉬다가 복귀했을 것이다. 조금 미안했다.

리빙쉘 시스템은 공격을 받았지만 데이터를 노출만 했을 뿐 파괴되진 않았다. 청성이 특별히 보호하고 있는 어떤 데이터(폐기돼 마땅한)도 말짱하고, 손실된 자료도 없었다. 그저 누군가가 몰래 들어와 엿보고 간 사실이 전부였다. 혹은 우리가 아직 알아차리지 못한 방식으로 문제가 있거나. 그런데 왜지? 관음한 데이터를 가지고 뭘 어쩌려고?

여기까지 상황을 파악했으면 특정 대상을 의심해볼 수밖에 없다. 바로 SP인이다. 그들이 분명 말했다. 무언가를 빌려 달라고. 빌린다는 게 사람을 빌린다는 뜻이야? 그럴 리가 없잖아. 이런 허무맹랑한! 비약적일지언정 이 연결고리는 그 어떤 단서들보다 견고해 보였다. 나만의 생각이 아니었다. 모두의 마음에 같은 의문이 피어났다. 우리가 아무리 전 평행우주 중 가장 열등한 수준의 종족이라 할지라도, 사라진 동료의 빈자리를 보고서도 상황 파악을 못할 만큼 멍청이는 아니었다. 이토록 어마어마하고 티가 팍팍 나는 납치가 어디 있단 말인가. 외신은 스멀스멀 음모론을 제시했다. SP인들이 말한 계약의 대가가 인간의 목숨이라고 말이다.

청성은 프레스존으로 강제 소환됐다.

"확인되지 않은 사실을 언론에 배포하지 마십시오. 공포를 이용한 사회 분란이 도움될 거라 믿으십니까?"

기자들은 여전히 플래시를 터트리며 따져 물었다.

"이 무시무시한 상황을 묵과하라는 것입니까? 유토피안 내부에 정체불명의 포털까지 생겼다던데, 조사하고 있습니까?"

"SP 측에서 자료 송신을 위해 개설한 브릿지일 뿐입니다."

"그럼 대체 이 대량 실종 상황은 어떻게 설명할 겁니까?"

"최선을 다해 대응할 것입니다."

"이게 무슨 일이냐고 물었습니다."

"대응 중입니다."

"역시 회장 승계에 문제가 있었다는 걸 인정하는 셈이지요?"

청성의 얼굴이 순간 싸구려 셔츠처럼 잔뜩 구겨졌다. 그는 점잖은 손길로 마이크를 끄고 즉각 프레스존을 퇴장했지만 붉게 달아오른 귓불을 숨길 수는 없었다.

대량 실종 사건은 절대 청성의 뜻도, 유토피안이 바라던 현상도 아니었다. 이것은 우리에게도, 청성에게도 명백한 비극이었다. 하지만 누군가는 비난을 받아야만 했다. 원인을 알지 못하는 현상에 정신을 좀먹히지 않으려면 사람들에게는 총알받이가 필요했다. 꼬리를 물어뜯을 대상으로 기자들은 당연히 청성을 택했다. 그가 행성 이주를 위해 체결한 협약이 문제였고, 최고 임원이니 모든 일에 책임을 지는 건 옳았다. 하지만 기자들의 목적이 그것뿐만은 아니었다.

청성이 최연소로 유토피안 장이라는 최고 권위를 승계받았을 때 수많은 사람들이 그의 자질을 의심했다. 이유는 간단. 그 자리를 탐내던 강자들이 많았으니까. 경쟁도 하지 못하고 먹이를 뺏긴 하이에나들은 청성의 꼬리를 잡아 뜯으며, 벌어지는 웬만한 일을 모두 청성의 탓으로 돌렸다. 몇몇 기자들은 그 행위가 클릭 수를 보장한다는 걸 알아버린 상태였다. 우리는 직원일 뿐이지만 우리의 보스가 얼마나 많은 추문과 의심에 시달려왔는지 모르지 않았다. 당장 사내 익명 커뮤니티만 보아도 청성을 비난하는 이들이 가득했으니. 아무튼 이 사건이 해결되지 않는 이상 청성은 아버지로부터 물려받은 자리에 적합한 자인지를 가혹하게 평가받을 예정이었다. 그것이 대량 실종 사건과 상관이 있든 없든 간에. 청성이 혼란 속에서도 행성 이주 프로젝트를 성공하려 애잔할 만큼 이를 악무는 이유였다.

"분명 SP랑 연관된 거야. 느낌이 이상하다고."

"장모님이 사라졌는데 죄책감 들어 미치겠어요. 설마 진짜로 우리 기관 때문일까요?"

"설마라는 말 쓰지 마요. 그 말만 뱉으면 진짜가 된단 말이야."

여기저기서 예민한 대화들이 오갔다. 직원들의 불안함이 증폭될 때마다 사내에선 적절한 휴식을 취하라는 권고 메시지가 방송됐다. 가족과 연락을 하란 것에 숨겨진 속뜻. 설령, 정말로 유토피안이 이 일에 책임이 있다 하더라도 회사를 배반하지 말 것. 예민하게 굴지 말 것. 일단은 의심보다 자중이 필요하며 스스로 마인드컨트롤을 할 것. 우리는 토악질이 나오는 불안함 속에서 쓴 침을 삼켜가며 휴식을 취했다. 쉬어도 쉰 것 같지는 않았다. 몇 번이고 놀라버린 심장 근육에는 이미 스트레스가 누적돼있었다.

돌아오지 않는 선우를 생각할 때마다 가슴이 저미는 것 역시 스트레스 때문일까.

며칠 뒤 청성, 도월과 몇 간부들이 모여 긴급회의를 진행했다. 나는 함께 SP로 출장을 다녀왔다는 이유로 자격을 얻어 회의에 서기로 참여했다. 아무래도 책임을 모이라이에게 물어야 한다는 여론이 지배적이었다. 청성의 얼굴에는 피곤한 기색이 역력했고 오른손으로 이마를 짚거나 마른세수를 하는 등 감정을 가라앉히려는 행동을 연거푸 반복했다.

"회장님, 기자들이 정문 앞에 계속 진을 치고 있답니다."

"그런가요."

그는 창밖을 힐끗 바라보고선 다시 고개를 돌려 간부들을 훑었다. 감정을 읽기 힘든 눈이었다.

"일단 SP에서 받은 데이터를 반송하는 게 어떨까요? 데이터의 대가가 이것이라면, 반납 시에 사람들이 돌아올지도 모르니까요."

연구실장이 직원을 대표하여 어렵게 운을 뗐다. 나를 비롯한 직원들 대다수가 현 상황에서 선택할 수 있는 유일한 방법이라 믿는 것이기도 했다. 정말로 계약 때문에 데려간 거라면, 우리가 받은 자료만 반환한다면 사람들도 즉시 돌려받을 수 있으리라. 물론 '아마도'가 생략된 말이었다.

회장이 눈썹을 씰룩거리며 실장을 똑바로 바라보았다.

"어렵게 따온 건데 왜 물리나요. 계약 조건은 헌납이 아니라 대여입니다. 만약 이것이 우리의 계약이라면, 곧 전부 돌아올 겁니다. 지구가 종말을 앞두고 있으니 행성 이주는 반드시 추진돼야만 합니다."

모두가 입을 벌리고선 아무 말도 하지 못했다. 단체로 말문이 막혔다. 청성은 부드러운 음성 속에 교묘히 날을 세웠다. 그의 고집이라면 이미 모든 직원이 알고 있지만, 이번 사안에까지 드러낼 필요는 없었다.

실장이 쩔쩔매는 목소리로 겨우 반박했다.

"하지만 너무 많은 사람들이…….''

"일단 여기 있는 우리는 사라지지 않았잖아요?"

청성의 말에는 무게가 있었다. 그는 '우리'와 '않'에 묵직한 악센트를 주어 불편한 심기를 가감 없이 드러냈다. 본디 가진 걸 놓지 않는 사람이긴 했다. 프로젝트 수행에 있어서 냉철하고, 저돌적이고, 때로는 호전적이었다. 내가 SP 출장에서 그와의 대화를 낯설어했던 이유다. 하지만 이 정도로 집착할 줄은 몰랐다. 나는 유토피안의 수장이 아닌, 한 명의 같은 인간에게 실망감을 느꼈다.

실장은 할 말이 더 남아있어 보였다.

"이 상황이 두렵지 않으십니까? 이제 우리도 어떻게 될지 모릅니다."

청성이 잠시 입을 다물었다. 그가 조용히 침을 삼키는 동안 목젖이 위아래로 움직였다. 이윽고 다물어진 입술 사이로 근엄함이 흘러나왔다.

"죽는 것이 두렵습니까, 증명하지 못하는 것이 두렵습니까?"

"무슨 말씀이십니까?"

"우리는 이 지구와 인류의 존속을 책임지는 가장 유능한 기관입니다. 우리의 존재 이유를 증명하지 못하는 일은 이 지구가 얼마나 무능한 곳인지를 인정하는 꼴과 같습니다. 그것이 더 두려운 일 아니겠습니까? 행성 이주는 모든 것 중에서 최우선 가치로 남아야만 합니다."

청성이 창밖으로 고개를 돌려버렸다. 도월은 그를 대신하여 서늘한 눈빛으로 실장을 노려보았다. 보스의 말에 더 이상 토를 달지 말라는 무언의 압박이었다. 나는 서기로서 회의 내용을 정리하다 잠시 손을 멈추었다. 청성은 듣기고 싶어 하지 않았지만 그는 분명 필사적이었고, 단호함 아래에는 짝꿍처럼 초조함이 뒤이었다. 물론 그 방향은 상실한 존재들을 향하지 않았다.

돌이켜보면 유토피안은 언제나 타자의 상실에 무던히 반응했다. 수많은 생명체를 우주로 쏘아 올려 실험을 하는 동안 위령제 한번 지낸 적이 없던 기관이었다. 그것은 청성의 스타일이기도 했다. 그러니 설령 같은 사람이 없어졌다 한들 그 행위가

'대의'를 위한 것이라면 기꺼이 덤덤해질 각오가 돼있으리라. 적어도 청성은 그랬다.

그러나 나는 아니었다. 등을 짓누르는 얕은 죄책감을 느꼈다.

청성은 도월에게 어떻게 생각하냐 물었고, 도월은 한참 고민한 끝에 대답했다.

"무엇의 대가로 무엇을 줄 건지 다시 선택해야 합니다."

원론적인 답이었다. 하지만 분명 청성에게는 의외의 답이었을 것이다. 늘 그의 뜻을 맹목적으로 따르던 도월이었으나, 이번 답변은 청성의 사고방식에 정면으로 반했다. 청성은 처음으로 자기에게 반대 의견을 내비치는 도월을 빤히 바라보았다. 그 얼굴에 담긴 감정이 분노는 아니었다. 그도 인간이라, 당혹감과 섭섭함을 감추지 못했다. 도월 역시 더 말을 하지는 않았다. 미안했는지 고개를 푹 숙였다. 청성의 심기를 거스르는 일을 도월은 결코 원한 적이 없을 테니까. 나는 둘의 모습을 보고, 앞으로의 상황이 무척 복잡해지리란 것만을 추측했다.

"그러면 SP 측에 상황 설명 정도는 요청해보도록 하세요."

회의는 더 진행될 게 없었다. 청성의 회의 종료 선언을 기점으로 직원들이 우르르 빠져나갔다. 청성과 도월은 조금 더 남아 이야기를 하겠다고 했다. 참석자들 중 가장 말단인 나만 눈치를 살폈는데, 의자를 제대로 밀어 넣고 나간 놈이 없었다. 뒷정리가 모두 내 몫이란 의미였다. 냉큼 해치우고 저 불편한 간부들 사이에 더 이상 끼지 말자는 생각뿐이었다. 직원들이 놓고 간 필기구를 챙겼고, 문서를 회수했다. 의자를 밀어 넣고 마지막으로 물티슈 두 장을 뽑아 테이블을 박박 닦았다. 빨리 자리로 복귀하고 싶었다. 청성은 조용히 천장을 응시했다. 좋지도, 싫지도 않은 얼굴. 감정이 말소된 나무토막 같았다.

"내가 잘못됐다고 해도 어쩔 수가 없습니다. 우수한 기술이 아니면 아무것도 증명할 수가 없지 않습니까? 행성 이주가 성공적인 방법이란 걸 증명하지 못하면 유토피안이 여태껏 지켜온 신념도 물거품이 됩니다. 나는 아버지가 지켜온 것을 무너뜨려선 안 됩니다. 엿 같은 추문들을 모두 참는 이유는 오직 그뿐입니다."

도월의 빳빳한 허리는 전혀 기울지 않았다. 그는 나와 청성의 중간에 위치한 벽을 바라보며 답했다.

"회장님도, 선대 회장님도 저에게는 모두 대단하신 분들입니다. 반드시 인류 존속의 뜻은 이뤄질 겁니다. 제가 증명하겠습니다. 다만 SP가 믿을 만한 행성인지는 이번 인류 실종 문제로 증명이 불가해졌습니다."

"그건 문제가 안 됩니다. 과학이 결국 도덕까지 초월하지 않습니까? 옳은 것, 그른 것, 모든 것은 우수하고 똑똑한 자들이 규정하는 가치입니다. 그리고 우수한 자들이 정점에 두는 학문이 바로 과학이지요. 그러므로 발전된 과학을 영위하는 자들이 모든 가치를 재단합니다. 자존심이 상해도 우리가 SP를 따라야 합니다. 그래야 인류 존속도 실현 가능합니다. 이 생각에는 변함이 없습니다."

"당신이 그렇다고 하면, 제게도 그렇습니다. 다만……."

"편히 말하세요."

청성이 도월을 힐끔 바라보고는 다시 천장으로 고개를 들어올렸다.

나는 속으로 둘이서 북치고 장구 친다고 생각했다. 책상을 다 닦은 티슈를 주머니에 쑤셔 넣고 나갈 채비를 마쳤다.

"아닙니다……."

"싱겁군요. 일어납시다."

청성은 뒤늦게 나를 발견했다.

"엇, 직원이 아직 있었습니까? 미안합니다. 불필요한 사담을 듣게 해서."

얼마 후 청성이 먼저 자리에서 일어났고 곧이어 도월이 그를 보필하며 회의실을 나섰다. 간부들의 주도 아래 SP에 전달할 문서가 작성됐다. 이 모든 과정은 도월을 통해 청성에게 보고됐다. 평소엔 도월이 처리할 일에 크게 참견을 하지 않았으나 사안이 사안인 만큼 청성은 매 표현과 문장을 꼼꼼히 살피며 많은 단어를 고치라 지시했다. 송신 받은 차원의 좌표 그대로 문서를 회신하는 데 꼬박 3시간이 걸릴 만큼 불필요한 시간이 투입됐다.

연맹 건물 밖에서 정문을 두드리는 기자들의 기세는 더욱 거세졌다. 진실을 요구하는 목소리가 함성처럼 불어났다. 우리도 모르는 걸 어떻게 알려줄 수 있을까. 때때로 진실이란 그 누구의 손 안에도 없는 가상물질이다. 나는 창문 밖으로 고개를 내밀어 그들을 확인했고 유토피안에 우호적인 기사를 쓰던 이들은 단 한 명도 오지 않았다는 사실에 묘한 불쾌감을 느꼈다. 동일한 상황에서 모두가 동일한 의식을 가진 건 아니었다.

답신은 30분 만에 도착했다. 문서 작성에 공을 들인 게 허무할 정도로 신속했다. 문서는 명령에 따라 직통으로 회장 개인 서버에 보관됐다. 긴 시간이 지나지 않아 청성은 연맹 밖의 기자들을 프레스존에 결집시키라는 지시를 내렸다. SP로부터 회신을 받은 내용을 공표할 의도로 여겨졌다. 이런 경우 사전에 직원들에게 먼저 공유하는 게 순서였으나 청성은 도월에게만 내용을 공유했다.

도월이 문을 열고 청성을 에스코트하자 익숙한 플래시 세례가 쏟아졌다. 청성은 어떠한 순간에도 화려한 빛을 독점하는 사람이었다. 단상 위 마이크를 잡기도 전에 기자들이 맹공을 퍼부었으나 그는 오른손으로 매끈한 턱을 쓰다듬으며 인내했다. 나는 숨을 죽인 채 그 모습을 눈에 담았다.

"SP 측에서 답신이 왔습니다. 계약대로 에너지 자원을 잠깐 대여해갔다고 합니다. 연구가 끝난 후 사람들을 전부 안전하게 돌려줄 계획이라고 하니 부디 걱정하지 말라는 사려 깊은 설명이 있었습니다. 지구는 보다 진보한 내일을 위해 잠깐의 안녕을 견뎌야 합니다."

회견장에 모인 기자들은 모두 사람이었다. 사라진 이들과 똑같은 존재. 그러니 이 말을 점잖게 들을 리가 없었다.

"SP에서 원한 게 결국 인간의 에너지란 뜻인가요? 그럼 인신매매 아닙니까!"

"대여입니다. 100% 되돌려줄 것을 약속했습니다. 갚는다는 확신만 있으면 친구에게 돈도 빌려주지 않습니까."

"지금 우리는 돈이 아니라 사람을 얘기하고 있는 겁니다. 그게 무슨 비유입니까?"

"다를 게 있나요?"

청성은 이런 식으로 소란스러운 장내에 찬 물을 잘 끼얹었다. 가진 힘으로 위협을 해서라도 주장을 고수해야만 직성이 풀리는 타입이었다. 사적으로 만나면 그도 괜찮은 사람, 둥그렇고

모난 부분을 모두 갖춘 사람일지도 모르나 유토피안 장이란 타이틀이 노출되는 공간에서는 예외 없이 늘 모나기만 한 사람이 됐다. 무엇이 그를 이렇게까지 몰아세우고 있는 걸까.

불쑥 튀어나온 그의 진심에 기자는 말문을 잃었다. 회의 때 보았던 직원들의 반응과 다르지 않았다. 우리는 모두 결이 비슷한 사람들이었다.

"만약 실종자들이 돌아오지 않는다면, 책임지고 사퇴할 의향이 있습니까?"

"주제와 엇나간 말은 삼가십시오. 프레스존에 연맹 법무팀이 함께 있다는 걸 염두에 두세요."

유사한 말이 몇 번이고 반복됐다. 기자들은 어떻게든 청성의 꼬리를 물려 했고 청성은 그럴 때마다 그들의 입에 재갈을 욱여넣었다. 그들은 점차 입술을 다물었다. 시종일관 확신에 찬 청성의 말은 희한하게도 사람들의 불안을 조금씩 잠재웠다. 수많은 기자들이 보였던 분노와 적의가 이내 간헐적인 끄덕임으로 바뀌었다.

"친애하는 기자님들. 유토피안이 흔들리면 데이터피안의 말도 안 되는 계략에 세상이 어지러워집니다. 우리는 오늘부터 최선을 다해 행성 이주에 매진할 것입니다. 사람들은 반드시 돌아올 것이고요. 그러니 의심보다는 확신을 가지셔야 합니다. 유토피안은 언론을 믿으며 또 존중할 것입니다.”

의심과 수긍이 뒤섞인 기자회견이 끝났다. 청성의 지시가 있었는지, 도월이 직원들에게 답례품을 가져오라 명령했다. 직원들은 정치인들에게나 증정하던 비공식 답례품을 기자들에게 나눠주었다. 쇼핑백을 받아 든 기자들은 전부 당황한 표정이었지만, 가격표가 없는 비매품이란 걸 확인한 후에야 안도의 숨을 쉬었다. 도월은 자존심이란 건 처음부터 있지도 않은 사람처럼 기자 한 명 한 명을 내보낼 때마다 허리를 굽혔다. 명색이 부회장임에도 청성을 위해서라면 뭐든지 하는 사람이었다. 얼떨결에 유토피안의 성의를 받아 든 기자들은 떨떠름해하면서도, 한편으로는 어쩔 수 없다는 말을 나눴다.

나는 회견장에서 나가며 몇몇 기자들의 달라진 얼굴을 보았다. “회장이 저렇게까지 말하는데 믿어야지. 별수 있어? 괜찮겠지.” 정문을 거세게 두드렸던 정의는 지속 기간이 짧았다. 우주선 실험으로 희생된 자들에게 사죄하라고 국회의사당 앞에서 울부짖는 사람들보다 청성의 꼬리를 물려는 자들의 정의가 더 질길 리는 없었다. 그들은 정말로, 우리와 비슷한 사람이었다. 한 치도 의심할 필요가 없었다.

기자회견이 끝난 후 청성의 말은 또다시 대서특필됐다. 유토피안에 책임을 묻는 폭동이 군소적으로 일어났으나 사소한 소란으로 뭉뚱그려져 보도될 뿐이었다. 수많은 사람이 사라진 순간에도 언론은 빠르게 남은 사람들을 통제했다. 그 결과 대다수가 총과 칼을 쥐기보다 두 손을 맞잡고 기도만 했다. 청성을 굳게 믿으며 모든 이가 돌아오기만을 바랐다.

이후 수일에 걸쳐 회의는 추가 소집됐다. 별다른 소득은 없었다. 누구도 청성의 말에 반박하진 못했으나 끝내 동의하지도 않았다. 배울 만큼 배웠다는 사람들의 마지막 자존심이었다. 청성은 바깥 상황에 민감하게 대응하기보다도 도월과 많은 대화를 나누었다. 그는 부쩍 더 도월에게 의지했다. 선대 회장의 임기 말부터 그의 아들 청성이 취임하는 순간까지. 오른쪽에는 늘 도월이 있었다. 청성보다 고작 세 살 더 많음에도 능숙한 솜씨를 보노라면 그는 보통내기가 아니었다.

SP로부터 전달받은 대안 행성 이주 실험은 차질 없이 추진됐다. 연구자들 중 실종된 이들이 있어 평상시보다는 속도가 느렸지만 우리는 확실히 앞을 향해 나아가는 중이었다. SP는 약속대로 총 다섯 개의 대안 행성과 그들의 특징, 차원 좌표, 주의사항을 상세히 알려줬다. 이 자료들을 면밀하게 분석하고 비교하여 파견 순위를 정하는 일이 추진됐다. 그건 우리 팀의 업무였다.

사람이 없어지거나 말거나 일은 잔뜩 쌓였다. 정말로 잔뜩,

잔뜩. 인류 존속을 위해 희생된 건 실종된 사람뿐만이 아니었다. 나 같은 일개 직원의 워라밸도 처참히 희생됐다.

나는 수차례 연구 서기로 회의에 소집됐으며, 회의가 끝나면 청성이 도월과 나누는 이야기를 들으며 회의실을 정리했다. 이 빌어먹을 간부 놈들은 나가기 전에 의자 한번 밀어 넣는 법이 없었으니.

"실종자들 중에 유수 정치인과 기관 간부가 없어 다행입니다."

"회장님, 이런 말씀이 무의미한 건 알지만 사라진 이들이 누구든 간에 어떤 이에겐 소중한 사람일 겁니다. 그리고……."

"이번에는 끝까지 말해보세요."

"저는 당신만큼은 선대 회장님처럼 사라지지 않길 바라고 있습니다."

도월은 똑똑한 사람임과 동시에 청성에게 누구보다 충성했다. 그런 자의 말에 청성은 겨우 망각했던 책임 의식을 상기했다. 고집불통이던 보스의 얼굴을 재차 어둡게 만드는 건 딱 두 개 뿐이었다. 첫째, 자꾸만 약점을 후벼 파는 기자들. 둘째, 유일하게 바른말 하는 도월.

"부회장님, 제가 왜 당신을 좋아하는지 아십니까."

"늘 업무적으로 배려해주시는 것 잘 알고 있습니다."

"배려 아니고, 좋아하는 이유요. 당신은 내 세계에서 유일하게 내게 증명을 요구하지 않았습니다. 아버지, 직원들, 기자들. 모두가 내게 그들의 기준을 충족한단 증명을 원했는데 당신은 그러지 않았어요."

"제게 증명하실 건 무엇도 없습니다. 그건 오히려 제 역할이지요."

"고맙습니다."

"아닙니다, 업무상 당연한 제 할 일……."

"업무 말고요. 다른 게 늘 고맙단 뜻입니다."

둘은 무딘 눈빛으로 서로를 담더니 이내 자리에서 일어났다.

청성은 자신이 늘 의지하던 도월의 말에 심경 변화를 느꼈는지 결국 고집을 꺾었다. 대여자들의 빠른 귀환을 위해 직접 SP로 가 대화를 나누고 오겠다 통보했다. 그러고선 3월 10일 오전, 홀로 떠났다. 초월선의 최대 탑승 인원이 세 명이므로 어차피 많은 사람을 대동하는 건 불가능했으나, 어째서 그가 도월조차도 데려가지 않았는지는 밝혀지지 않았다. 담판을 짓되 의지하는 자에게까지는 폐를 끼치진 않겠다는 책임감이었을까. 표현해 주지 않은 감정을 이해하는 건 역시 불가능한 일이었다.

당일 혹은 다음 날이면 복귀할 거란 대략적인 일정과 외부에 알리지 말라는 지시만 남았다. 항간에선 직원들이 그의 의견에 동조해주지 않아 홧김에 도피한 게 아니냐는 말이 돌았다. 우리는 실시간 퍼포먼스를 보면서도 그것이 연극이 아니기만을 바라야 했다. 확실한 사실 하나는 그의 마음을 바꾼 건, 9시 뉴스가 아니라 그가 가장 믿는 동료의 말 한마디라는 점 뿐.

권한을 위임받은 도월의 임시 경영 체제 하에 유토피안은 원래대로 행성 이주 계획을 추진했다. 잡음이 있었으나 결국 모든 과정은 순항 중이었다.

책을 덮었다. 종이에서 내가 갇힌 세상으로 시선을 옮겼다. 어느덧 시간이 흘러 창문 너머로 보이는 하늘의 색이 변했다. 보라와 주홍이 어지럽게 섞여 낭만적인 하루 끝을 만들어냈다. 만약 이곳이 지구라면 태양은 완연히 서쪽으로 기울었으리라. 1과 0의 세계라는 곳에도 저녁이 찾아오고 있었다. 내가 본래 있어야 할 집보다도 더 아름답게 느껴졌다. 음, 본래 있어야 할 집이라 하면 나는 무엇을 상정하고 있는 걸까.

"기억이 나. 이런 일이 있긴 했지……."

책장을 넘길 때마다 검지에 잉크가 묻었고, 적막한 공간이 마음을 헛헛하게 만들었다. 읽던 페이지 귀퉁이를 살짝 접어 표시해둔 다음 책을 소파 위에 올려놨다. 나와는 전혀 연관이 없길 바랐지만 나는 책에서 서술하는 사건들이 전부 나의 경험임을 무척 잘 알고 있다.

솜털로 심장을 간질이는 듯이 참기 힘든 감각이 조금씩 몸을 물들였다. 누군가에게 받았다는 사실조차 잊은 선물을 오랜 시간이 지난 뒤 다시 꺼내보는 느낌. 오래간만의 조우가 반가우면서도 흐릿한 죄책감이 있었다. 명확하게 형용할 수 없는 것은 언제나 나를 괴롭힌다.

냉기가 섞인 바람이 불어왔다. 베란다 문 손잡이를 힘껏 당겨 닫아 바람을 차단했다. 맑은 저녁 공기가 싫지 않았으나 감기에 걸리고 싶은 마음은 없었다. 다시 거실로 가려는 순간 무언가 눈에 띄었다.

"여기에 이런 게 있었나?"

베란다에는 오른쪽으로 연결된 작은 다용도 공간이 있는데 그 구석에 하얀 화분에 담긴 소나무 분재가 보였다. 빛이 들지 않아서인지 솔잎 끝이 황색으로 타버렸다. 예리가 놔둔 거겠지, 원래 식물을 키우는 스타일이던가. 한숨이 절로 나왔다. 정말이지 신경 쓰고 싶지 않은데.

"쓸데없이 무겁네."

화분을 들어 낮에 해가 잘 들던 베란다 한가운데로 옮겼다. 정수기에서 물을 받아 몇 컵을 따라주고 시든 잎을 조금 뜯어냈다. 내가 할 수 있는 건 여기까지였다. 화장실로 들어가 손을 씻어 검지에 스민 잉크를 모두 지웠다.

이대로 밤이 찾아오고 꿈을 한번 꾸고 나면 나는 다시 돌아갈 수 있을까. 어디인지 모를, 그저 내가 가야 한다고 믿는 곳으로. 마음이 어지러웠다. 예리는 언제까지 돌아오지 않는 걸까. 침대에 엎드려 누워 흰 베개에 얼굴을 파묻었다.

왜 하필 나일까.

불만을 품어도 들어줄 이가 없었다. 해소되지 않은 물음표가 답답했다. 삼시 세끼 당근을 먹어도 좋으니, 평범한 일상으로 돌아가고 싶다. 여기가 어떤 세계든 간에 평범하지 않은 건 분명하니까.

아니, 내가 나를 확신하지 못하는데 어떻게 평범한 존재로 살수가 있겠어. 말이 안 돼. 차라리 날 병원에 데려다줘. 병이 생긴 거라면 고쳐줘. 숨 막혀, 갑갑해.

몇 번이고 매트리스를 쾅쾅 내리쳤다. 답답함이 사라지지 않았다.

"뭐라도 단서를 찾을 때까지만. 정말 조금만 더."

못 이기는 척 거실로 향해 소파 위에 놔둔 책을 다시 집었다. 감정이 명확해질 때까지만 더 읽어보자. 책을 읽으면 잠도 잘올 것 같으니까.

책과 함께 침실로 돌아오는 길에 아침에 보았던 사진과 실팔찌를 다시 살폈다. 어느새 하늘은 쓸쓸한 쪽빛에 잠식당했다. 나는 창 너머 드리운 어둠에 지지 않기 위해 전등불을 컸다.

3

점과 획의 세계

하루면 될 줄 알았는데 청성은 돌연 하루 더 머물겠다는 연락을 보냈다. SP 측에서 자료를 보낼 때와 동일한 발신 좌표인 걸로 보아 SP에 있는 청성의 연락이 맞았다. 말미에는 평상시처럼 행성 이주 준비에 매진하라는 지시가 함께였다.

그리하여 12일, 돌아올 청성을 맞이하고자 이동실에서 대기하는 이는 나와 도월뿐이었다. 혹시 모르니 초월선을 타고 SP에 직접 다녀온 사람들만 여기에 남아 마중하자는 도월의 지시가 있었다. 굳이 그럴 필요까지 있나 싶었지만 아무 말 하지 않았다. 이렇게 자꾸 여기저기 불러낼 거면 업무라도 좀 줄여주지그래.

어색한 침묵 속에서 괜스레 휴대폰을 몇 번 만지거나 하얀 벽을 바라보며 시간을 죽였다. 아무런 배경음악이 없으니 적막을 견딜 수가 없어 이동실 구석에 설치된 PC로 틀어볼 음악을 뒤적거렸다.

도월은 무뚝뚝했다. 청성을 보필하거나 업무 지시를 내릴 때가 아니면 말이 없었다. 불필요한 일 따위는 절대로 하지 않는 기계 인간 같았고, 한기를 몰고 다니는 탓에 함께 있는 순간마다 등허리가 시큰했다. 칼 같고 치밀한 성격이 유토피안에는 큰 도움이 됐지만 그의 개인적 인간관계에는 다분히 악재로 작용했다. 몇몇 직원들은 청성보다 도월을 더 불편해했으니. 나 역시 도월의 옆모습을 바라보는 일만으로도 몸이 뻣뻣해졌다. 사람인지라 기쁨 혹은 서운함 등의 감정표현을 하기도 했지만 곁에 청성이 있을 때만 가능했다.

전 세계 우주과학을 책임지는 유토피안의 리더로 청성이 선발됐을 때 그의 나이는 겨우 서른이었다. 세계 권력의 정점답게 쟁취하려는 자들의 암투가 치열했으나 그는 꽤나 노련하게 왕좌를 이어받았다.

유토피안의 리더 자리가 공석이 된 것은 청성의 아버지이자 선대 회장인 이원호가 행성 이주 프로젝트를 처음 발표한 후 갑작스레 스스로 목숨을 끊은 탓이었다.

'지구는 생명을 다했고 우리는 이를 연장할 수 없다. 부정하려 할수록 증명될 것이다.'

원호가 남긴 유언이었다. 그는 하고 싶은 말만 하고 죽었다. 유산을 이렇게 분배하라든가, 조직 개편을 저렇게 하라든가 하는 말은 일절 남기지 않았다. 원호와 청성, 두 부자는 천성이 유사했다. 원호는 유토피안이 타의 추종을 불허하는 우수한 과학 기관으로 자리매김하는 일에 생을 매진했다. 그런 그에게, 어떠한 연구로도 거스를 수 없는 에스페소의 출현은 절망이었으리라. 뇌의 가용 능력을 한계치까지 끌어올려 모든 수학과 과학을 총망라해도 달아나지 못한다는 우주적 공포. 원호는 우주 속 나노 입자에 불과한 인간이 직면한, 근원적인 한계를 초월하지 못했다.

청성은 부친의 신념을 한 치의 어긋남 없이 계승했다. 혹자들은 차라리 다른 이가 아닌, 청성이 유토피안을 이어받아 다행이라 말하기도 했다. 적어도 유토피안에 큰 변화가 생기지 않을 테니 말이다. 아버지와 외모뿐 아니라 성정까지 닮아버린 남자는 우리의 근간을 바꾸지 않았고, 오히려 더욱 집요하게 고수했다.

단지 그걸 '욕심'이라고 말하는 건 부족할지도 모른다. 야망. 그는 다른 이와 견줄 수 없는 야망을 가졌다. 한순간도 열등한 적이 없었던 청성은 유복한 가정에서 태어나 축복받은 삶을 살았다. 보통 욕심이란 결핍에서부터 오는 법인데, 그는 어딘가 고장이 난 사람처럼 이미 모든 걸 다 갖고 있으면서도 더 우수한 것을 욕망했다. 종료 함수가 입력되지 않은 코드처럼 무한히 작동했다. 그가 가진 인간적인 면모 중 내가 알고 있는 게 있다면 리빙쉘에서 진작 폐기됐어야 했던 '이원호'의 데이터를 끊임없이 연장하고 있다는 사실 정도.

청성에게도 아끼는 인간이 존재한다는 점은 직원 입장에서 굉장히 낯간지럽고 별로 알고 싶지도 않은 정보였으나, 폐기가 금지된 리빙쉘 데이터가 있다는 사실은 끝내 모든 직원이 알고야 말았다. 누군가 청성에게 시시콜콜한 개인사를 물어서가 아니었다. 익명 게시판의 조롱 섞인 폭로 때문이었다(아마도 보안팀에서 쓴 것으로 보인다).

그가 망자의 기억을 붙잡고 살아가는 이유가 무엇인지는 아무도 알지 못했다. 청성에겐 이렇다 할 인간관계가 없었으니. 예외는 오직 아버지로부터 자리와 함께 하사받은 인간, 오른팔 도월뿐이었다. 도월은 청성이 성장하기 전부터 일찍이 업무 외적으로도 보필했다고 한다. 사람들은 그런 도월을 뭐라고 불렀냐면, '시다바리'라고 불렀다.

더 이상 사적 정보는 없었다. 청성은 세계에서 가장 우수한 집단을 가졌으나 그것 외에는 아무것도 없는 인간이었다. 그러니 우리가 보는 모습은 얼핏 그의 껍데기처럼 보일 수는 있어도, 사실은 오롯한 알맹이 그 자체였다.

청성은 늘 무언가에 쫓기듯 행동했다. 뜻을 이룰 수만 있다면 불필요하다 추정되는 것을 착실히도 희생해왔다. '희생'이라는 말에는 꽤나 뼈아픈 죽음들이 포함돼있지만, 청성에게 희생이란 유토피안의 연구 부산물일 뿐이었다. 그 덕에 데이터피안 추종자들에게 책잡힐 흠결은 자꾸 늘어만 갔다.

SP의 기술이 우리네보다 명백히 뛰어나다는 사실을 부정할 수 없기에 끝내 머리를 조아려 인정했으나 속은 부글부글 끓었을 거다. 그는 자신의 뜻이 옳다는 걸 증명하기 위해 태어난 사람이었다.

이런저런 생각 끝에 음악을 찾는 일을 그만두었다. 하지만 음성 파일이 하나 있었다. 나는 이동실의 정적만 깨보자 싶어 서둘러 재생버튼을 눌렀다.

우리는 점이 아닌 선이 돼야 합니다.
그래야 우주에 한 획을 그을 수 있습니다.

청성의 목소리였다.

그가 유토피안 창립 기념일에 발표했던 연설이었다. 도월이 흥미를 느꼈는지 PC를 만지작거리던 내 쪽으로 고개를 돌렸다.

"아, 죄송합니다. 너무 조용해서……. 바로 끌게요."

"괜찮으니 놔두세요."

도월은 잘 조각된 목석처럼 내 곁에서 초월선이 복귀하기만을 기다렸다. 자동 시스템으로 완벽히 통제된 공간이라 여기에 살아있는 자라곤 나와 도월이 전부였다. 나는 이미 종말을 맞이한 지구의 마지막 생존자가 된 기분이었다. 곁에 선 저 자는 까만 양복을 입혀놓은 플라스틱일 뿐. 하다못해 도월이 옆통수를 긁거나, 남들 몰래 슬쩍 코를 파거나, 귓구멍에 새끼손가락을 넣거나 하는 걸 본 적도 없었다. 아마 앞으로도 볼 일은 없을 거다. 만약 곁에 청성 없이도 도월이 인간적으로 군다면, 내가 그걸 목격한다면, 그날 나는 충격으로 죽을지도 모른다.

도월과 나 사이에는 엄청난 거리가 존재했다. 우리는 이런 순간이 아니면 절대 나란히 서지 않을 관계였다. 그런 사람과 SP에 함께 다녀왔다는 사실을 떠올리면 지금도 어안이 벙벙하기만 했다.

"저기, 부회장님."

무슨 용기가 생겼는지 당돌하게 그를 불러보았다. 불편하고 숨 막히는 상대인데, 이렇게 달아나지 못할 상황 속에 공존하다 보니 대뜸 말이라도 걸어보자는 충동이 들었다. 절대 내 쪽을 돌아봐주지 않을 고양이에게 손을 뻗는 치기였다. 그는 눈길 없이 "네."라고만 대답했다.

"제가 SP에 다녀온 거요, 영광으로 생각하고 있습니다."

그는 나의 예고 없는 감사에 놀란 기색조차 없이 즉답했다.

"인사팀에서 선출하고 회장님이 컨펌했습니다. 저는 관여하지 않았습니다."

그다운 대답이었다. 선을 참 잘 긋는 사람이었다. 직선 속에서만 사는 사람. 타인이 넘어오지 못하게끔 선을 장벽으로 바꾸는 일에 능한 사람. 청성과 도월에게 공통점이 있다면, 둘의 세계에는 둘 말고는 다른 사람이 좀처럼 없었다. 눈이 맞은 게 아니냐는 말이 나올 정도로 둘은 지독히도 둘이서만 붙어먹었다.

"그냥 저를 데려가주신 게 감사했어요……. 지금은 이렇게 됐어도."

둘은 일찍부터 우주공학에 몸을 담은 수재들이었지만, 도월이 청성보다 학업 기록이든 연구든 모든 면에서 앞선다는 건 모두가 다 아는 사실이었다. 유토피안에서 순수 실력으로만 따져본다면 누가 진짜 왕좌에 앉아야 하는지 모르는 사람은 없었다. 그런데도 도월은 감히 자리를 넘보지 않았다. 많은 권력자가 회장 자리를 노렸을 때 암암리에 정리한 사람이 도월이라는 소문도 무성했다. 상대 측 논문의 허점을 밝히거나 정치적 결함을 공개하거나. 수단은 소문마다 달랐다.

'속 모를 인간이지. 당연히 꿍꿍이가 있지 않겠어? 가장 가까운 충신이 반역도 끝내주게 저지를걸.'

숱한 모함에도 도월은 언제나 얼음장 같은 표정을 잃지 않았다. 그는 한마디로, 하라면 하고 까라면 까는 사람이었다. 단 그 상대가 청성일 때만 말이다. 회장이 가진 모든 집착을 실현해준 2인자였으나 대다수는 도월을 2인자가 아닌, 1인자의 발끝에 붙은 그림자 정도로 보았다. 또 다른 누군가는 이렇게 말하기도 했다. '충실한 경비견'.

배경음악처럼 공간에 울려 퍼졌던 청성의 연설이 종료됐다. 소리가 사라진 이동실은 광활했지만 도월의 곁에 선 나는 엘리베이터에 갇힌 듯 갑갑했다.

도월이 적막을 깨고 말했다.

"우리에게 고마워하기보다 스스로를 자랑스러워하시길 바랍니다."

나는 깜짝 놀랐다. 나의 말에 도월이 굳이 첨언을 해주었으니까. 그 말이 무슨 의미든간에 반사적으로 그를 바라볼 수밖에 없었다.

"구하리 씨가 기관을 위해 헌신해주고 있음을 우리가 안다는 말입니다. 하지만 본인의 한계를 규정하는 태도 또한 압니다.

그뿐입니다."

인사팀장도 하지 않을 조언을 이 회사의 넘버 투가 해줬다. 이걸 감개무량하다고 해도 되나. 목석이 아니라 사람이었다니. 친구라도 된 듯이 엄청난 내적 호감을 느껴버렸다. 나의 수동성을 비판하는 조언의 본질보다도, 나라는 존재에 대해 이 정도로 관심을 갖고 있다는 점이 무척 고맙게 느껴졌다.

인간과 나무토막이 몇 마디 말 정도는 나눌 수 있음이 증명된 순간이었다. 나는 억눌러왔던 대화 욕구를 분출하고야 말았다.

"부회장님, 친절하신 분이네요!"

"……."

"부회장님 가족은 모두 괜찮으신가요? 저는 운이 좋아 괜찮은데 저희 팀에서 선우 씨가 사라졌습니다. 선우 씨라고 아시나요? 끝내주게 일 잘하고 좋은 동료였어요. 사실 많이 걱정되고 무섭습니다. 그냥 장기 휴가를 떠났다고 생각해보려 해도 두려워요. 건강히 돌아올 수 있겠죠?"

흥분해서 브레이크가 고장 난 기차처럼 떠들어버렸다. 도월은 또렷하게 앞만 응시했고, 나는 옆모습을 빤히 바라보았다. 내 인생에 가장 오랫동안 도월의 얼굴을 감상한 순간이었다. 작은 면적 안에 깃든 고상함이란, 그가 겪은 세월이 결코 순탄하지만은 않았다는 점을 여실 없이 드러냈다.

"저도 많이 걱정됩니다."

"부회장님도요?"

"말 그대로입니다."

귀를 의심했다. 도월의 입에서 걱정이라는 말이 나왔다. 그것도 '많이'라는 거추장스러운 부사와 함께. 선우를 걱정한다는 뜻인가? 아니면 사라진 사람들을 모두 걱정한다는 뜻일까?

나는 그에게 무채색만을 입혀주었는데, 그는 조금씩 자신의 색을 보여주었다.

"구하리 씨는 인류의 존속을 위해 SP인들에게 도움받는 걸 어떻게 생각하나요."

뜻밖의 질문이었다. 오래 생각하지 않고 답했다.

"회장님의 말처럼 우리보다 우수한 종족의 도움을 받는 일이 지금은 최선이라 생각합니다."

직원으로서 100점짜리 답이리라.

"우리를 규정하는 우주의 결을 아실 겁니다."

그제야 나와 눈을 마주한 도월은, 투명한 얼굴빛 속에 서글픈 원을 보여주었다. 그 원 속에는 수많은 점이 서려있어 눈물을 머금은 듯했다. 남들보다 조금 더 깊은 눈이 마치 우리가 가장 두려워하는 에스페소처럼 보이기도 했다. 모든 시선이 끌려가 듯 그 안에 묶였다.

결. 여전히 추상적인 개념이었다. 물질의 세계에는 파동과 입자가 있는데, 파동은 여러 모습으로 중첩하며 다중으로 존재할 수 있지만 입자는 아니다. 입자는 하나의 상태를, 하나의 결을 가진다. 그래서 결이 어긋나는 순간 파동은 사라지고, 입자만 남는다. 상자 속에 고양이를 넣어도 슈뢰딩거의 말처럼 삶과 죽음이 실제로 중첩하지 않는 이유는, 우리가 고양이를 보지 못한다 해도 상자 틈새를 통과한 빛과 공기가 고양이를 보았기 때문에 고양이는 단 하나의 상태, 즉 입자로 정의된다. 누구라도 관측하는 순간 파동은 봉인되고, 중첩의 결이 어긋나 단 하나의 우주만 정의되는 셈이다.

결국 우주는 누군가의 관측으로 결정된다. 내가 지금 지구인으로 규정되는 건, 여기서 나를 둘러싼 모든 것이 나를 관측하고 있기 때문이다. 어제까지 지구인이었던 내가 갑자기 외계인으로 변하는 건 있을 수 없는 일이다. 내 우주와 나의 결은 나를 둘러싼 모든 것에 의해 관측되고 규정된다.

그런데 이게 뭐 어쨌다는 말인가. 대답 대신 그의 까만 눈만 계속 바라보았다.

"저는 한 줌이라도 좋으니 제 세계의 결을 제 손으로 붙잡고 싶습니다."

도월이 고개를 숙여 자신의 손바닥을 바라보았다. 아래로 향한 눈에는 강렬한 힘이 서려있었다. 일순간 그 눈은 이동실의 조명보다 더욱 밝게 빛났다. 까만 동공 속에서 지구를 훔칠 만큼 거대한 에스페소, 그 에스페소까지 삼킬 만큼 장엄한 어둠, 그 어둠을 품은 낯선 우주가 움텄다. 처음 보는 도월의 진짜 모습이었다.

"SP에서 추출해온 물질을 분석해봤습니다. 그 안에……."

시간은 대화를 허락해주지 않았다. 이동실에 도착 시그널이 떴고, 곧장 초월선이 도착했다. 문이 열리자 우리가 기다리던 청성이 등장했는데, 도월은 찰나의 순간 눈썹을 휘며 안도하는 표정을 보이더니 이내 깍듯이 허리를 숙였다. 귀가 살짝 붉어져 있었다.

"바쁘실 텐데 왜 나와있나요."

청성이 편한 말투로 호탕하게 웃고선 도월의 등을 두드린 후에야 가까이 있던 날 발견했다.

"직원이 있는 줄 몰랐네요."

그는 뒤늦게 목소리를 가다듬었다. 하지만 크게 개의치 않으며 양손을 바지 주머니에 찔러 넣고선 나를 그대로 지나쳐갔다. 이동실 문 앞에서 그가 왼손으로 턱을 한번 쓰다듬고는 내게 딱 한마디를 남겼다.

"인사를 하지 않네요?"

농담과 질타가 반씩 섞여있는 말에 나는 어쩔 줄을 몰라 도월처럼 허리를 굽혔다. 내 인사를 보고서야 청성은 완전히 공간을 빠져나갔다. 도월도 모든 짐을 챙겨 그를 뒤따라갔다. 나를 지나친 순간 그가 남긴 말은 딱 한 마디였다.

"오늘의 대화는 무용한 것뿐이니 전부 잊으세요."

나는 도월이 거짓말을 한다고 생각했다. 이유는 설명하지 못하겠지만 높은 확률로 맞을 것이다. 이건 직감이었고, 직감은 대체로 타율이 좋은 편이니.

자리로 복귀하는 발걸음에 맞춰 심장이 뛰었다. 도월의 결 이야기가 자꾸만 떠올랐다. 분명 환경이 나를 관측하여 나는 세계의 특정한 물질로 규정됐다. 부인할 필요 없는 사실이었다. 그런데 자꾸만 이상한 생각이 들었다. 그 모든 시작이 내게 있을 순 없었던 걸까. 누군가에게 관측돼서가 아닌. 스스로의 의지로 존재할 수 있는 방법이 있을까. 그렇다면 내 세상을 지키는 방법 역시 오로지 내 몫이어야 할까.

그만두자. 무용한 대화라고 했으니.

SP인이 지구인의 생명력을 갉아먹고 있다.

돌아온 지구인의 의문사와 체력 저하가 그 증거다.

우리는 과학기술을 받은 대신 생명을 반납했다.

정말로 지켜야 하는 것이 무엇인지 확인하라.

데이터피안은 유토피안의 행동에 반대한다.

– 데이터피안 장 dataX

평화가 돌아왔다.

3월이 무색할 만큼 쌓였던 눈이 드디어 녹았다. 언젠가 예리가 눈이 녹으면 무엇이 되냐고 물은 적이 있었다. 정답은 그녀의 말대로 봄인 걸까. 녹은 눈의 물기가 거리를 적신 3월의 둘째 주, 거짓말처럼 모든 사람이 반납됐다. 약속한 계절이 돌아오듯이.

어떻게 했냐는 기자들 말에 청성은 그저 '독촉'을 했다고만 표현했다. 물건처럼 빌려진 사람들은 간결한 독촉이면 금방 돌아올 수 있는 존재였나 보다. 아무튼 지구는 잃어버린 가족을 되찾았으며 평화가 이어지는 줄로만 알았다.

데이터피안이 움직였다. 오픈 서버에 선언문을 띄운 것을 시작으로 전 세계의 대형 사이트를 해킹하여 주장을 퍼트렸는데, 그들의 말은 사실이었다. SP에 빌려졌다 반납된 사람들이 돌연사하는 현상이 발생했다. 죽지 않더라도 그들 중 꽤 많은 이들이 면역력 저하와 극심한 피로를 호소했다. 우리 팀 부장은 돌아오자마자 즉시 장기 병가를 신청했고, 신규 부장이 발령됐다.

은하2팀 수석은 아예 퇴사했다. SP에서 무슨 일이 있었느냐 물어보는 의사들의 질문은 소득이 없었다. 사람들은 기억이 나지 않는다며 갑갑한 답만 남겼다. 듣는 사람도, 말하는 사람도 속 터지긴 마찬가지였다. 그렇지, 원래 물건엔 기억이 없다.

환자들이 호소하는 부작용 관련 인터뷰에도 청성의 반응은 냉담했다.

"우수한 세계를 경험하고 왔으니 긍정적으로 생각하셔도 좋지 않습니까."

물론 비공식 발언이었다. 공식 입장은 이러했다.

"사소한 감기약에도 부작용이 있는데 우주 여행에 부작용이 없을 순 없겠지요. 대의를 이루는 과정이라고 봅니다. 의문사의 경우, 이번 사건과 연관성이 있다는 증거가 없습니다. 그러나 유토피안은 인도적 차원에서 유가족들에게 위로금을 지급하고자 합니다."

청성은 유토피안을 대표하여 적극적으로 사람들의 두려움을 잠재웠다. 연이어 터진 죽음을 개인의 사소한 문제로 치환하는 게 주된 방법이었다. 숭고한 실험을 위해 죽어갔던 생명체를 대우하던 과거의 방식과 다르지 않았다. 위로금 액수는 커다란 두려움을 해체하기에 충분했다. 공(0)이 많이 붙을수록, 그의 공은 더욱 커졌다.

선우가 돌아왔다. 걱정을 많이 했는데, 선우는 업무에 복귀하자마자 무리 없이 야근을 이어갔다. 많은 사람이 죽거나 면역 저하를 호소하는 와중에도 선우는 차분해 보였다. 잔잔하게 흐르는 물 같은 친구라지만, 체력까지 좋은 줄은 몰랐다.

"건강해서 다행이야."

"선우 씨는 장수할 타입인가 봐요."

선임 후임 할 것 없이 유달리 쌩쌩한 선우를 둘러싸고 가벼운 덕담을 던졌다. 선우는 호들갑을 떨지 않고 업무에만 열중했다. 그는 출근 후 더 깍듯이 허리를 숙여 인사했고, 점심 식사가 끝나면 더 빨리 자리로 복귀했다. 기관에 대한 충성심도 몰라보게 높아졌다. 나는 왠지 도월에게서 들은 말을 선우에게도 적용할 수 있다고 생각했지만, 구태여 언급하지는 않았다.

"요즘 날씨가 이상해져서 그런가. 왜 이렇게 벌레가 들끓지?"

작년에 비해 많이 하강한 봄 기온 탓에 좀처럼 밝은 곳에 서식하지 않던 절지류들이 사무실에 자주 보였다. 몇몇 직원이 끔찍해하며 소리를 지르니 선임 한 명이 호기롭게 사무용 철판 하나와 라이터를 들고 벌레에게 접근했다.

"방역업체 부르는 것보다 더 효과 좋은 방법 알려줄게요."

선임은 다리가 여덟 개 달린 이름 모를 벌레 하나를 잡아 철판 위에 올려놓았다. 그리고 유성 필기구용 잉크를 가져와 두어 방울을 떨어트리고는 곧바로 라이터 불로 벌레를 지져버렸다. 잉크는 느릿한 속도로 꾸준히 불씨를 피웠고 벌레는 타닥타닥거리며 철판 위를 날뛰었다. 타들어간 다리가 하나둘씩 끊어지더니 끝내 힘이 모두 빠져버렸다. 새까만 재가 되기까지는 30초가 채 걸리지 않았다.

"이걸 벌레 구멍 앞에다가 놓으면요, 절대로 안 들어와요. 꼴에 생명이라고 나름 지능이란 게 있어서 잔인하게 대하면 대할수록 인간의 영역을 침범하지 못하거든요. 흐흐."

"아, 그래서 어렸을 적에 아저씨들이 바퀴벌레 나오면 불에 태워서 죽이고 바퀴벌레 굴 안에 넣어놨구나."

"그럼요. 경고하는 거죠. 눈에 띄면 이렇게 된다고."

"폴짝폴짝 날뛰던 게 우습네요, 안쓰럽기도 하고."

선임은 후임 한 명과 즐거이 담소를 나눈 뒤 벌레를 유입로로 추정되는 구멍 앞에 방치해놓고선 보이지 않게끔 철판으로 가렸다. 그는 몹시 흡족해하며 자리로 돌아갔다. 신기하게도 그후 같은 벌레가 사무실에 나타나는 일은 없었다.

청성은 복귀 이후 더욱 가열차게 유토피안을 채찍질했다. 체력이 완전하든 반쯤 깎였든, 머릿수를 회복한 연맹에는 활기가 넘쳤다. 우리의 단기 목표는 일단 SP가 보내준 행성 후보군 중 하나를 선별하여 먼저 생명체 이주를 실험해보는 일이었다. '행성 이주'. 이 말도 안 되는 일이 말이 되어가는 중이었다.

다섯 개의 행성 후보들은 모두 지구에서 발견한 적이 없는 별들이었다. T000319번부터 끝자리가 23번까지인 행성인데, SP가 보낸 자료를 바탕으로 최적화 순위를 신중히 결정해갔다.

물론 모든 이들이 머릿속에 동일한 사명감만 담고 있는 건 아니었다.

"SP인이 지구인을 대여해서 정말 생명을 착취한 걸까요?"

"인터넷 음모론자들이나 모인 데이터피안 폭로를 믿어요? 소설입니다, 소설."

"행성 이주까지 시도하는 마당에 소설이 현실 안 되란 법 있나요."

"이야, 큰일 날 소리를 하고 있어요. 고과에 반영되면 어쩌려고 그래요?"

"그건 안 돼요. 상여가 깎인단 말입니다."

"화장실에서 부장 욕만 해도 익명 게시판에 올라오는 마당인데 그런 말들은 집 앞 이자카야에서나 하세요."

겉으로 보기엔 예전과 다름없는 매 순간들이었지만 직원들의 마음엔 의심이 늘어갔다. 데이터피안은 애매모호한 수위의 폭로를 간헐적으로 이어가며 그들의 품위가 허락하는 공격만을 진행했다. 만약 알고 있는 게 있다면 좀 더 과감히 움직여도 좋을 텐데, 한사코 쉬운 길을 거부했다. 덕분에 유토피안 근로자인 내 신분의 가치는 깎이지 않았다. 적으로 치부되는 조직이 돌멩이가 아닌 계란으로만 공격하는 상황이 다행스럽긴 하나 한편으로는…… 잘 모르겠다. 사실은 나도 두렵긴 하거든. 정말로 사람들이 죽어가는데 일단은 눈을 감아도 되는 걸까. 좋은 게 좋은 거라고 어른들은 말했지만……. 사실은 좋은 게 아니라면?

온라인 커뮤니티에서는 이미 데이터피안 대 유토피안으로 파벌 싸움이 심화됐다. 입을 다물고 있으면 우리는 어제와 똑같았지만 생각을 입술 밖으로 끄집어내는 순간 더 이상 어제의 우리는 없었다. 보이지 않는 포화 소리가 여기저기서 터졌다. 점심시간에는 과감히 데이터피안 폭로문을 띄워놓고 설왕설래가 오가기도 했다. 사람들의 마음에 의심을 심는 게 그들의 청사진이었다면 이것만큼은 분명 성공이었다.

"SP에서 인간을 빌리는 일이랑 지구가 다른 행성을 빌리는 일. 뭐가 다르죠?"

사격 중지를 외친 건 선우였다. 한창 가십으로 소란스러웠던 내부가 고요해졌다. 직접 대여가 돼본 사람이니 그의 발언이 갖는 무게는 제법 무거웠다. 먼저 나서지 않는 친구인데 무엇이 그의 심기를 거슬렀는지는 알 수 없었다. 여느 때처럼 평온한 얼굴이었지만, 선우 역시도 입을 여는 순간 원래 알던 사람이 아니게 됐다. 내 세계에 점점 낯선 물질이 쌓여갔다.

"제 말은 걱정할 필요가 없단 거예요. 타 행성을 파괴하려고 연구를 진행하는 게 아니잖아요? 단지 공간을 빌리려는 것뿐이죠. SP인들도 마찬가지 아닐까요? 먼 길 다녀와서 사람들이 많이 피곤했나 봐요. 신경성 쇼크일 수도 있고요. 체력 저하가 못 믿을 결과는 아니죠. 일단은 살아 돌아온 사실 자체에만 감사하고 싶어요."

직원들의 언쟁을 흥미롭게 듣고 있던 책임급 연구원이 가장 먼저 머쓱한 표정으로 입을 뗐다.

"그래. 쓸데없는 거 그만 보고 일이나 해."

두 팔을 휘휘 저으며 각자 자리로 돌아갈 것을 지시했다. 빌려졌던 당사자가 저리 말하는데, 저 말이 맞겠지. 처음 본 선우의 당찬 눈매가 모든 의문을 해체시켰다. 저런 면모가 있었구나. 되려 SP에서 좋은 기운을 얻어왔나 보다. 훨씬 더 외향적인 사람으로 느껴졌다. 둥그런 광대만이 그가 여전히 내가 알고 있던 사람과 같은 사람임을 주장했다.

그런데 감사라니. 누구에게 무엇을? 머리가 쓸데없이 또 앞서갔다. 지금 선우, 어딘가 이상하지 않아? 뭔가 미심쩍지 않아? 하여간 뇌는 쓸데없는 걱정하기를 좋아했다. 남의 뇌도 그런지는 모르겠는데 일단 내 뇌는 그렇다. 비생산적이고 비합리적인 일에만 열정이 넘치는 녀석이다. 내 안에 있는 것 중 가장 내 말을 안 듣는 관종. 하필이면 관종 녀석이 내 모든 주의를 독차지한 나머지, 업무 중 몰래 데이터피안 폭로문을 띄워 재차 읽고야 말았다. 하단에 읽지 못했던 글귀가 있었다.

우리와 대화를 원한다면 아래의 링크로 접속. 완전한 익명 보장.
- 데이터피안 장 dataX

얼마 전 가나슈를 구입하고 받은 편지지를 가방 깊숙이 숨겼다. 여러 말을 고민한 편지에는 결국 저녁을 함께하자는 정도의 소심한 제안만 적어두었던 터였다. 그러나 이 사소한 편지조차도 지금은 때가 아니었다.

봄을 맞이하는 길거리보다 잇따른 연구로 달궈진 우리의 머리가 더 뜨거웠다.

우리는 지구의 토양, 기후, 생태계 등 모든 요소를 자료화하여 후보군과 매칭했다. 가상으로 지구상의 생명 데이터를 행성으로 송신하여 시뮬레이션하기 위함이었다. 하지만 SP에서 송신한 자료에는 많은 정보가 누락돼있었다. 예컨대 T000320 행성의 지각을 이루는 요소로 언급되는 '플랜타사리움'이라는 토양질이 어떠한 성분으로 구성돼있는지 세부 정보가 없었다. 해당 행성에서 흙을 파먹은 지구 출신 애벌레가 별안간 몸통에서 다리 여든아홉 개가 돋아난 괴물이 될지, 갑자기 수분을 토악질하고 죽어버릴지, 혹은 말짱히 살아갈지 예측하지 못한다면 그 무엇도 보내선 안 됐다. 이에 청성은 SP에게 세부적 자료를 더 요구했고 그들은 친절하게도 시뮬레이션 프로그램에 적용이 가능하게끔 수치화하여 답신을 전달했다.

유토피안은 한 발짝 더 일찍 다음 단계도 준비했다. 시뮬레이션상 무리만 없다면 실제 탐사에 곧바로 착수해야 했기 때문이다. SP는 이 과정에서 자신들이 만든 포털을 사용하라 제안했다. 그들은 해당 포털의 좌표 맵에 접속할 수 있는 네트워크를 공유했다. 포털은 워프 기술을 바탕으로 차원을 넘나드는 브릿지를 구현하는데, 우리가 초월선이라는 물리적 이동 수단에 탑승해 행성을 이동하는 것과 달리, 그들은 포털에서 발현하는 비물리적 브릿지를 통해 이동하는 고차원 송신법을 사용했다. 초기의 포털은 물질의 이동 과정에서 양자에 지나치게 간섭하여 극심한 변이를 초래했으나 현 시점의 과학으론 걱정할 필요가 없다는 사실을 강조하며 SP는 자부심을 드러냈다.

포털은 결 어긋남 이론을 완전히 초월했다. 그들의 과학은 관측의 영역을 자유자재로 통제했다. 그들의 말에 의하면, 포털을 통과하는 순간 물질은 파동으로 전환되고 SP가 구현한 '공의 상태'에 놓인다. 이것은 관측으로부터 완전히 자유로운, 바꿔 말하면 관측의 객체가 아닌 주체로 진화할 수 있는 환경을 의미한다. 이때 포털은 좌표 맵에 입력된 차원까지 연결되는 브릿지를 구현하고, 생명체를 해당 좌표로 즉각 이동시킨다. 브릿지로 이동하는 과정 중에 양자들은 관측되지 않기 때문에 외부의 영향을 받지도, 주지도 않는다. 이동 중에 기형적으로 뒤틀리거나, DNA 변이가 초래되거나, 피를 토하고 죽을 일은 없었다. 단, 행성에 도착하는 순간 포털의 브릿지에서 벗어나, 파동이 아닌 입자로 회귀하므로 원래의 존재로 돌아간다. 최소한 포털을 타는 순간만큼은 무수히 많은 결의 다중 중첩 혹은 그 어떤 결에도 존재하지 않는 이율 배반적 현상이 가능했다.

새로 이사 갈 집 후보도 추렸고 안전한 교통 수단도 확보했다. 유토피안 덕에 인류는 몸만 옮겨 새로운 행성을 제집처럼 누릴 수 있는 기회를 목전에 뒀다. 데이터피안이 뉴네시스로 인류 이동을 주장하듯, 우리는 실제 행성으로 모든 생명을 이동시킬 것이다. 그리고 리빙쉘 데이터를 토대로 새로운 행성에서 다양한 생명체를 복구할 것이다. 에스페소의 손아귀를 피해 지구를 옮길 완벽한 시나리오였다. 딱 한 가지만 제외하고.

시나리오대로 촬영에 임할 배우가 없었다. 다양한 지구 생명체가 모두 버틸 만한 1순위 행성을 결정하는 게 쉽지 않았다. 펜티엄4 사양 컴퓨터가 펜티엄G8500이 가진 세계를 품는 게 불가능하듯이 지구의 복잡한 자연과 유기적인 관계를 모두 수용할 행성이 마땅치가 않았다. 우리에게 허락된 우주에는 무수한 별이 있었고, SP가 후보군까지 주었으나 그 어떤 별도 100% 안전하게 지구 생명을 품지 못했다. 결국 원점이었다.

"그 어떤 차원의 별도 완벽한 쌍둥이는 못되는군."

연구부장은 깊은 염려를 표했다. 시뮬레이션상 가장 높은 매칭도를 보인 T000319 행성을 토대로 행성 이주 알고리즘을 설계했다. 결말은 재앙이었다. 지구 생명체는 3분을 버티지 못하고 전멸했다. 심지어 어떤 행성은 구성 성분이 매우 취약하여 지구의 생명체를 주입하고 산업 시설을 건설했을 시 한 세기를 버티지 못하고 폭발하기까지 했다.

행성이 폭발하면 그 행성이 가졌던 영혼은 갈 곳을 잃는다. 억울한 죽음으로 원한을 품은 행성은 구천을 떠나지 못하는 수많은 질량 덩어리가 돼 한 점으로 뭉친다. 그 질량 덩어리는 모든 걸 흡수하는 손아귀인 중력을 만들고, 영혼은 끝내 블랙홀로 타락한다. 그러나 지구는 더 이상 새로운 블랙홀 탄생에 일조해선 안 된다. 블랙홀은 인류를 위협하는 가장 무서운 존재, 도망칠 수 없는 괴물이니까.

에스페소의 영향력은 나날이 커져갔다. 지구로 도달하는 태양열이 줄어들기 시작했으며 세계 각지에서 기후 변이가 나타났다. 불행의 틈 사이에 피어난 작은 행복이 있다면 재택근무가 부쩍 늘었다는 점이다. 우리 팀에선 조속한 시일 내에 탐사 행성 순서를 결정해 보고해야만 했다. 추리닝 차림에 맨발을 긁적이며 집에서 업무를 시작했다. 평소 같으면 재택이 마냥 좋았을 텐데, 막중한 업무 때문에 아침부터 뒷목이 얼얼하니 썩 유쾌하지 못했다. 기지개를 쭉 켜고 흐트러진 머리를 질끈 묶었다.

엄마는 노크 없이 문을 벌컥 열었다.

"밥 차려놨다니깐. 어서 나와. 회의는 저녁에나 한다며."

"이것만 하고."

"10분만 달라며. 줬잖아? 5초 안에 나와."

"아, 좀!"

"5."

자식이 사명감을 느끼며 노력하고 있는데 하여간. 자나 깨나 밥 생각밖에 안 하고 사는 걸까. "4." 신경 쓰지 말고 일이나 해야지. 지구에 닥칠 재앙을 막기 위해 유토피안 직원으로서 최선을 다하고 있단 말이야. "3." 절대 알량한 카운트에 조바심을 내지 않을 거다. 이게 다 모두를 위해서다. 전 인류를 살리기 위해 엄청난 일을 해내는 거라고. "2." 유토피안에 취업했을 때 제일 좋아했던 사람이면서 이렇게 협조 안 해주기야? 정말. "2반."

나는 벌떡 일어나 날쎄게 부엌으로 향했다.

"1. 세이프."

반듯하게 의자에 앉았다. 밥 한 끼 안 먹는다고 지구에 재앙이 일어나진 않지만 내 등짝에는 재앙이 일어날 것 같아서 그랬다. 이 집안에서 에스페소보다 막강한 손아귀를 가진 여자가 기어코 마지막 카운트에 나온 나를 가자미눈으로 흘겨보고선 밥을 퍼주었다. 구시렁대볼까 하다가 상의에 걸친 면 티가 얇은 걸 떠올리곤 입을 꾹 다물었다. 예전에 한 대 맞아봐서 아는데 이 옷 입고 등짝 맞으면 진짜 아프거든.

메뉴는 계란프라이와 카레, 매일 보던 밑반찬이었다. 엄마가 자리에 앉길 기다리는 동안 나는 컵 두 개를 꺼내 보리차를 따랐다. 이혼한 지도 오랜 시간이 흘렀으나 엄마는 혼자 식사하는 걸 좋아하지 않았다. 괴물 쌍둥이를 포기하지 않은 죄로 그녀는 긴긴 시간을 외로움과 싸우며 살았다.

"생일에 가족 여행 갈까? 남부에 예쁜 섬 많잖아."

집안의 대장이 눈을 둥그렇게 뜨고는 날 바라보았다. 그녀가 좋아하던 트로트 프로그램을 볼 때만큼이나 눈이 반짝였다.

"진짜?"

"상여금이랑 휴가 받은 게 있어서."

"유토피안 다닌다는 애가 이 상황에 휴가 생각해도 돼? 갈 수 나 있어?"

"어차피 우리 팀 메인 업무는 곧 어떻게든 마무리돼. 그럼 시 간이 있을 거야. 사실 더 먼 미래는 정말 장담할 수가 없어서 그래."

"우리 다 죽는 거야?"

"아니! 그런 말이 아니고. 더 바빠질까 봐 그래."

행성 이주에 실패하면 정말로 다 죽을 수도 있지만 나는 굳이 그런 결말은 상정해두지 않은 상태로 덤덤한 체 했다.

"여행 좋지. 예리도 가는 거지?"

엄마가 닫힌 방문을 고갯짓하며 물었다. 우리는 분명 한 집 에 있음에도 가깝지가 않았다. 심리적 거리감을 따져보자면 내 마음은 차라리 자주 보는 예능 프로그램 속 희극인들과 더 가 까웠다.

"자기가 간다고 하면."

"데리고 가자. 네가 언니잖아. 먼저 말해봐."

"엄마가 말해 그냥."

"취업도 했는데. 축하한다는 말은 했어?"

"내가 왜?"

"언니잖아."

"그게 뭐. 내가 언니 되고 싶어서 언니 됐어? 꼴랑 2분 일찍 태어났는데."

"그래도."

신경질적으로 카레에 숟갈을 밀어넣었다. 대답하기가 싫어 한 입을 크게 물고는 잔뜩 씹었다. 간이 세고 되직했다. 변하지 않는 맛이었다.

우리는 말없이 식사를 이어갔다. 익은 브로콜리를 씹을 때마다 따뜻한 채소 즙이 입안을 꽉 채웠다. 둘의 입에서 비슷한 냄새가 풍겼고, 같은 음식을 공유하며 한동안 저작 행위에만 집중했다. 그러다 굳게 닫힌 방문을 흘겨보았다. 오늘 아침에 출근을 했는지, 아니면 나처럼 재택을 하고 있는지, 해가 중천인데 게으르게 누워있는지, 관심도 없었다. 나는 그녀를 관측하고 싶지 않았다. 그녀의 세상과 내 세상이 같은 차원에 있다는 사실이 싫으니까. 우리의 세계가 철저히 분리되길 바랐다. 섞이고 싶지 않아. 구예리, 저 여자애는 나랑 너무 달랐다. 엮여봤자 내 인생에 도움이 되는 것도 아니었다. 하지만 신경이 쓰이는 건 사실이었다.

쟤는 왜 저렇게 살까? 자꾸 거슬리게. 짜증이 났다.

엄마가 무심히 화두를 던졌다.

"옆 동에 준수 아저씨 며칠 전에 죽었어. 심장마비래."

그는 실종됐다가 반납된 이웃이었다.

"좋은 곳으로 가셨으면 좋겠네."

"무섭지 않아?"

"마침 나랑 친한 직원도 빌려졌다 돌아왔어. 근데 자기는 아무렇지도 않더래. 다녀온 사람들이 신경성인 건 아닐까? 그 사람은 오히려 다녀오니까 말수도 많아지고 활발해졌던걸. 아무튼 사람들이 어디로 빌려졌든, 똑같은 모습으로 돌아오긴 했잖아."

나는 얼떨결에 대변인처럼 유토피안의 입장을 옹호했다.

"직원이라면 네가 좋아한다던?"

"아, 엄마!"

누가 들을까 싶어 숟가락을 식탁에 요란히 내려놓으며 호통으로 그녀의 입을 막으려 했다.

"집이잖아. 아무도 안 들어."

"내가 언제 좋아한댔어."

"맨날 걔 얘기만 하잖아."

"그게 아니라."

"딸."

엄마도 숟가락을 놓고선 집안일을 하느라 뭉친 어깨를 매만졌다. 나는 거듭 반박하려다 그녀의 몸짓을 바라보며 입을 다물었다. 장난을 칠 수 없는 침묵이 짧게 우리를 지나갔다.

"혹시나 우리가 다 죽더라도 죽는 순간만큼은 함께였으면 좋겠어. 사이좋게."

그 후 엄마는 먼저 자리에서 일어나 싱크대에 식기를 담고는 등을 돌려 설거지를 시작했다. 부엌에는 직선으로 뿜어져 나오는 물소리가 가득 찼다. 나는 손에 힘이 모두 빠져버려 수저를 다시 들지 못했다.

사이좋게. 유치한 말이다. 사이가 좋다는 게 다 뭐야, 어느 정도 끼리끼리라는 말이겠지. 명백히 다른 존재와는 좋은 사이를 유지할 수 없다. 유유상종이란 말도 있지 않은가. 유토피안은 데이터피안을 이해할 수 없다. 그건 너무나도 당연한 일이다. 지향점이 명확히 다른 두 집단이 어떻게 우호적 사이를 유지한단 말인가. '인류 존속'이라는 같은 목표를 위해 애를 쓰고 있을지언정 절대로, 결코, 우리는 서로를 이해하지 못한다. 그러나 역시 예리를 이해하지 못하는 게 당연하다. 우리는 다르고, 다름은 필연적으로 미움을 동반하니까.

사이좋게. 하지만 이 단어는 짜증 나게도 자꾸만 옛 기억을 상기시켰다. 아빠라는 존재를 동등하게 상실한 후 우리는 꽤나 오랫동안 무형의 바다에 잠겨 살았고 그 동안 잘 웃지 않고, 잘 먹지도 않았다. 서로의 마음이 먹먹히 젖어있다는 걸 아는 건 서로뿐이었다. 주말마다 뭣 모르고 갔던 교회에서 간식을 얻어

오는 날에는 내 몫을 남겨놨다가 예리에게 주었다. 그러면 예리 또한 가방을 열어 나를 위해 숨겨놓은 간식을 주었다. 잘 웃지 않고 잘 먹지 않을 때에도 우리에겐 나보다 너를 더 생각하던 때가 있었다.

초등학교 4학년. 네가 옆 반에서 따돌림을 당한다는 사실을 알았다. 분개하여 그 반으로 찾아가 널 괴롭힌 녀석의 머리를 쥐어박았다. 하필이면 그 꼬마는 학교에서 제법 목소리가 큰 애였고 유치한 선후배 놀이를 하는 녀석이었다. 5학년과 6학년 사이에 소문이 퍼졌고 그 후로 나까지도 반에서 따돌림을 당했다. 좋은 빽도 없으면서 설치는 뭣 모르는 여자애라고.

초등학교 5학년. 너는 내가 외톨이가 됐다는 사실을 알았다. 너는 나의 전자기기에 엄마 몰래 내가 좋아하는 예능 프로그램 영상을 넣어줬고 쉬는 시간마다 우리 반으로 찾아와 곁에 있어 줬다. 나는 영상들을 보며, 가끔은 혼자서도 웃었다. 많은 아이들이 우리를 괴물이라 손가락질했다. 우리는 단단히 팔짱을 끼고 서로에게 의지했다. 그때 내 세상에는 네가 전부였다. 그럴수록 세상은 우리를 더 고깝게 바라봤다. 버티는 모습은 미움을 받더라고.

초등학교 6학년. 괴롭힘은 더욱 심해졌다. 집에만 오면 하염없이 울었다. 엄마는 조용히 나를 안아주고 말았지만 어느 날

학교에 불쑥 찾아왔다. 학부모 참관 때도 오지 않았던 엄마가 교실에 나타났을 때 나는 만화 주인공이 된 기분이 들었다. 세상에서 가장 강인한 존재의 도움을 받아 나쁜 악당을 물리치는 뭐 그런. 엄마는 날 괴롭히던 아이에게 사탕 몇 봉지를 건네며 나를 괴롭히지 말아 달라 부탁했다. 그녀의 목소리에는 어린아이를 향한 배려와 훈계가 녹아있었다. 날 혼내던 것처럼 아이의 등짝을 때리지 않았음에도 그날 엄마가 내게 얼마나 든든한 사람인지를 체감했다. 내 세상에서 가장 큰 철봉이자 소나무 같은 사람. 나는 아마도 그날부터 엄마를 사랑하게 됐을 것이다.

그리고 예리는 내게 미안하다고 말했다. 동생은 먼저 묶여있던 우리의 줄을 풀었다. 그녀는 내가 아닌 온라인 커뮤니티에 의지하기 시작했다. 숙제를 할 때 함께 놀자며 방문을 두드리지 않았고, 학원에 가지 말라 붙잡지도 않았다. 그녀는 나를 방해하지 않는 사람이 됐다. 중학생이 된 후 우리는 다른 학교로 배정받았으며 세계의 균열은 우리를 완전히 분리했다.

돌이켜보면 칼로 무를 자르듯 명확한 인과는 없었다. 자매의 해체는 아주 오래전부터, 그리고 아주 더딘 속도로 진행됐다. '언제부터'라는 말은 적절하지 않았다. 단지 아주 오래전부터. 그뿐이었다. 입안에 남은 브로콜리 덩어리와 함께 생각을 씹어 넘겼다. 가슴에는 차마 씹어 삼키지 못할 응어리가 여전히 남았다.

방으로 돌아갔다. 아무래도 일을 하기 전에 여행지 숙소나 예약해야겠다. 그러면 복잡한 마음이 좀 괜찮아지겠지.

재택근무 중에도 휴게시간은 필요한 법. 잠깐 짬을 내 여행계획을 세워보자 마음먹고 여행 날짜에 휴가를 올렸다. 이 시급한 업무 중에 휴가 신청을 하다니. 덩치는 작아도 간은 큰 편이다. 지구 종말을 앞둔 상황에도 직원들은 심심찮게 연차를 신청했다.

여행을 생각하는 일은 예상대로 머리를 식혀줬다. 처음 시작은 마음먹은 대로 남부 해안가의 숙소였으나 금액이 커질 때마다 보상처럼 화려해지는 여행 상품들이 흥미로웠다. '여기 갈바에야 차라리'를 서두로 시작된 생각은 국내 남부에서 일본으로, 일본에서 싱가포르로 급기야 최종은 이탈리아 로마까지 도착했다. 끝내 블로거들이 추천하는 화덕 피자 맛집까지 보고서야 겨우 정신을 차렸다. 역시 해야 할 일을 뒷전에 두고 하는 딴짓이 가장 재미있다.

엄마가 미리 가고 싶다고 귀띔을 한 펜션이 있어 막상 예약은 싱겁게 끝났다. 그녀의 취향이 반영된 숙소는 교통이 편리한 대신 인테리어가 SNS에 도저히 자랑하지 못할만큼 촌스러웠으나 결정을 바꾸지는 않았다. 생전 가보지 못한 여행 앞에서 나보다 더 신나하는 어른의 기쁨을 뺏고 싶지 않았기에.

과거엔 긁어본 적 없는 금액이 찍힌 결제 알림이 도착했다. 돈은 버는 재미보다 쓰는 재미라 했던가. 카드를 긁기 시작한 참에 오늘 살 수 있는 건 다 사보자는 원인 모를 충동이 일었다.

문득 궁금했다. 태어나서 처음으로 취업이란 걸 한 동생에게 필요한 게 있을지. 도대체 어떤 멍청한 회사에서 할 수 있는 거라곤 컴퓨터나 두들기는 게 전부인 애를 데려간 건지 이해가 되지 않지만, 그녀가 밥벌이를 한다는 건 환영할 일이었다. 이왕이면 너무 힘들지 않으면 좋겠고, 그녀가 오랫동안 도피해온 사회라는 시스템과 잘 타협할 수 있게끔 많은 걸 가르쳐줬으면 좋겠고, 뉴네시스인지 뭔지 하는 말도 안 되는 생각머리도 좀 고쳐줬으면 좋겠고…….

"짜증 나, 진짜."

오른뺨을 벅벅 긁었다. 아무리 긁어도 모반 아래의 마음까지 시원하지는 않았다.

미움과 사랑은 양 끝단에 존재해야 하는 감정 아닌가. 왜 이리 거추장스럽게 얽혀있는 걸까. 동생을 생각하면 화가 났고, 걱정이 됐다. 거슬렸고, 불쌍했다. 두 번 다시 보지 말아야지 마음을 먹어도 그럴 수가 없었다. '집'이라는 물리적 공간을 공유해서도, 우리가 똑 닮은 쌍둥이여서도 아니었다. 나의 의지로 공기 중의 산소와 이산화탄소를 잡아낼 수 없듯이 미움과 사랑은 같은 공간에서 어지럽게 뺨을 부볐다. 사랑의 틈 사이로 미움은 자주 고개를 쳐들었고, 미움만 붙잡고 있으면 사랑이 정수리를 두드렸다. 이 험한 세상, 나 하나 건사하기도 힘든데. 바쁘지도 않은지 자꾸만 어울리려는 감정들이었다.

싫었다. 내가 아무리 미워하려해도 그녀를 사랑하고, 그녀도 그럴 거라는 사실이. 우리의 애증이.

눈치도 없는지 빌어먹을 광고 알고리즘이 사이트 양 옆으로 선물용 포터블 양자태블릿 이미지를 띄워주었다. 예리가 좋아할 텐데. 나는 그 상품 위에 마우스 커서를 올려놓고서 클릭에 필요한 용기를 헤아려보았다. 그녀의 세상을 이해하고 받아들이는 게 내게는 왜 이리 힘든 걸까.

쌍둥이의 저주는 나보다 동생에게 조금 더 가혹했다. 그나마 나는 어딘가에서 모진 말을 듣더라도 울분을 바깥으로 표출하는 게 익숙했다. 친구에게 씩씩거렸으며 집으로 돌아오는 길에 큰 소리로 울어버렸다. 하다못해 엄마에게라도 학교에서 있었던 일을 줄줄 읊으며 하소연했다. 어린 나는 잘 몰랐지만, 내 딴에는 그게 자가 치유였다.

하지만 동생은 달랐다. 지금이야 나에게 싹퉁 바가지 없이 군다지만 어렸을 땐 다분히 내향적이기만 했다. 누군가의 얄팍한 악의에 상처받고 온 날에도 좀처럼 티를 내지 않았다. 학교 운동장에서 웬 녀석이 던진 공에 머리를 맞아 정수리가 까졌을 때 엄마는 다음 날 머리를 빗겨주고서야 알았다. "여기 상처 뭐야?"부터 "누가 그랬어?"까지에는 많은 물음이 필요했다. 더 생각해보면 동생은 잘 울지도 않았다. 혹은 늘 숨어서 울었거나.

교복을 입기 시작한 후 나는 곧장 소파로 달려가 TV를 보았고 동생은 늘 컴퓨터 앞에 앉아 커뮤니티 활동을 했다. 그녀에겐 수년 동안 만든 견고한 세계가 있어 보였다. 타인과 음성 채팅을 나누는 동안 작은 방에서는 듣지 못했던 소리가 새어 나오기도 했다. 그녀의 카랑카랑한 웃음을 들은 후에야 가상현실이 동생에게는 인기 예능 프로그램보다 더 재미있는 쉼터라는 걸 알았다. 하지만 아는 것과 이해하는 것은 별개였다. 엄마와 나는 그런 동생을 오랫동안 답답해했다. 우리가 동생을 대했던 태도는, 이 시대가 데이터피안에게 던지는 비난과 다르지 않았다.

나는 데이터피안이 제공하는 링크를 찾아 접속해보자 결심했다. 도대체 그들이 믿는 세계가 무엇인지 직접 방문해 눈으로 확인해봐야겠다 다짐했다. 보나마나 허무맹랑한 멍청이 집단이겠지만.

접속한 사이트는 평범한 오픈 플랫폼과는 달랐다. 화면 정중앙에서 지구와 똑같은 동그란 녹색 행성이 자전했다. 스크롤을 위로 올리면 줌인, 내리면 줌아웃됐다. 위성에서 전달받은 지도 데이터를 그대로 구축한, 별거 없는 사이트라 생각했는데 줌인을 할수록 선명하게 보이는 세계의 단면이 예상을 빗나갔다.

국가의 영역, 토양과 바다의 경계, 북극과 남극의 크기가 현실과는 전혀 달랐다. 지구라는 행성 아래에 새롭게 구현된 완전히 다른 세계였다. 낮과 밤은 자전축의 영향을 받지 않는 것인지, 전등 스위치 켜듯이 동시다발적으로 바뀌었다. 파란 산과 녹색의 바다, 붉은 땅과 보랏빛 하늘이 구현됐다. 그 아래에서 자유로이 거니는 NPC들이 보였다. 화면 너머의 세상이지만 꼭 어딘가에 실존할 것 같은 세계처럼 생생했다. 우리와 닮았어도 전혀 다른 SP처럼.

[실시간 교류 - On line / 언어 선택]

의외로 교류 버튼은 허술했다. 투박한 언어 선택 콤보박스가 우스웠다. 가상세계 구현에는 심혈을 기울였어도 UI까지 꾸밀 여유는 없었나 보다. 익명으로 구축한 연맹답게 그들은 겉치장에 돈을 쓰지 않았다. 접속 기록을 남길까 봐 IP 우회까지 한 것이 조금 창피해졌다.

[접속을 환영합니다. 8.5.18.15님. 저는 데이터피안원 12.15.22.5입니다. 뉴네시스에 대해 알아보시고 뜻을 함께해주세요.]

정말로 누군가와 대화가 가능했다. 내가 나름 지성을 갖춘 현대인이란 사실은 이럴 때 참 별로다. '혹시 방구석 음모론자인가요?' 재미 삼아 도발을 해보려 했다가 금세 포기해버렸으니 말이다.

[정확히 뭘 어떻게 할 계획이죠?]

할 수 있는 질문 중 가장 기본적인 질문이었다. 답장은 순식간에 도착했다. 아마도 마르고 닳도록 들은 질문이었나 보다.

[뉴네시스를 구축한 다음 리빙쉘의 모든 데이터를 전송합니다. 리빙쉘 데이터에는 생체 시그널을 추적할 수 있는 기능이 있습니다. 현실 세계 인간이 죽게 되면 뉴네시스는 자동으로 해당 인간의 데이터를 깨웁니다. 모든 데이터가 로딩되는 데 수일이 소요될 수 있어 인식 공백 상태가 존재할 위험이 있으나 큰 결함은 아닙니다. 만약 사망 이전에 미리 가상존재를 구현하고 싶다면, 신청 가능합니다. 현재 뉴네시스에 존재하는 유저들은 모두 자율적 신청에 의해 구축됐습니다. 당신은 모르지

만, 당신의 동료들도 신청을 했답니다. 이처럼 데이터로 환생한 인류는 육체가 소멸하더라도 영원히 뉴네시스에서 살게 됩니다. 지구 종말이 오더라도 서버만 지켜낸다면 영구 보존이 가능합니다.]

기본적인 질문에 기본적인 답변이었다. 이 정도 대답은 뉴네시스를 잘 모르는 나도 이미 알고 있는 바였다. 그들이 마르고 닳도록 홍보한 포인트와 다르지 않았다. 익히 아는 대로 행성 이주와 일정 부분 닮았다. 차이가 있다면 유토피안은 실제 행성을 필요로 하며, 물리적인 환경을 전부 지켰다. 반면 뉴네시스는 행성 대신 가상세계를 선택한 탓에 실존 물리 환경을 모두 포기했다. 우리의 육체까지도.

[그냥 우리랑 똑같은 NPC를 만드는 것과 대체 뭐가 다른가요?]
[그 어떤 가상 존재도 NPC가 아닙니다. '유저'입니다. 리빙쉘 데이터에는 단일 개체가 보유했던 모든 생명 기록이 담겨있습니다. 당신이 살아생전 겪었던 호르몬의 변동과 뇌 반응, 노화와 질병의 역사까지 모두요. 이 기록 그대로 구현하는 가상 존재는 지금의 당신과 동일한 가치관을 생성하고, 동일한 마음을 가집니다. 당신을 당신으로 존재하게 하는 것은 눈에 보이는 뼈와 살이 아닙니다. 보이지 않는 과거와 기록들이 곧 당신입니다. 그러므로 리빙쉘 데이터를 이용하여 우리는 인간을

되살려낸다고 믿습니다.]

[정말 뉴네시스가 인간을 행복하게 만들 것 같나요?]

좀 더 부드럽게 물어볼 걸 그랬나. 저 사람, 보수를 받는진 모르겠으나 감정 노동일 텐데. 나는 왠지 상대가 '그냥 저도 시켜서 하는 거예요' 정도의 답을 해주면 좋겠다고 생각했다. 그러면 고민할 것도 없이 당장 창을 꺼버릴 테니까.

하지만 상대는 나를 설득하고 이해시키기 위해 번거로운 말을 되풀이하는 일을 주저하지 않았다.

[뉴네시스는 훌륭한 대안 현실입니다. 우리는 가상세계에서 모든 걸 구현할 수 있습니다. 단지 실질 환경만 없을 뿐 인류의 현재를 더 아름답고 신비롭게 변경하는 일도 가능합니다. 행성 이주를 위해 생명체를 희생하지도 않습니다. 덧없는 생명의 유한함을 존중하며 인류를 무한히 보존하는 유일한 방법입니다.]

음, 아니다. 저 말에는 틀린 점이 있다. 바로 '희생'이다. SP인들과 협력한 시점부터 우리는 생명체를 불필요하게 희생하진 않고 있다. 유토피안 직원으로서 이 점은 꼭 짚고 넘어가야만 했다.

[유토피안이 SP의 기술을 도입했으니 희생은 없어요.]

[아닙니다. 우리는 이미 수많은 사람을 빌려주었습니다. 그들이 말하는 에너지원이 지구인이라는 점에서부터 희생이 전제돼있습니다. 우리는 우리 스스로를 빌려주고서는 절대 세계를 지킬 수 없습니다.]

상대방은 놀라울 만큼 타이핑 속도가 빨랐다. 덩달아 내 마음도 빠른 속도로 복잡해졌다. 익명이 보장된다고 했으니 나는 조금 더 솔직해져 보기로 했다.

[잘 이해가 안 돼요. 그 세계가 정말로 인류를 지켜주고 행복하게 해주는지요. 제 동생이 어렸을 적부터 온라인 세상을 무척 좋아했어요. 현실에서는 괴로운 순간이 더러 있었거든요. 하지만 같은 환경이라도 저는 노력으로 삶을 바꾸었는데 동생은 그러질 못했어요. 솔직히 말하면 동생처럼…… 상처를 극복하지 못한 사람이나 가상으로 도피하는 거 아닐까 싶거든요.]

허를 찔렀을지도 모른다. 빨랐던 답장이 곧바로 도달하지 않았다. 내 생각이 아주 틀렸다고 보지는 않는다. 적어도 나를 비롯한 유토피안 지지자들이 가진 생각은 단순했다. 뉴네시스란 현실을 잊기 위한 가짜 낙원이라는 것. 모든 실질 환경을 다 포기할 정도로 현실에 불만족한 사람들을 위한 수용소.

답이 오지 않자 오히려 초조해진 건 내 쪽이었다. 지독한 양가 감정이 느껴졌다. 나의 말에 결국 데이터피안이 KO 당하길 바라면서도 한편으로는 그들이 헌신적으로 방어해주길 바랐다. 그래야만 내 동생의 지난한 과거가 가여운 도피로만 정의되지 않으니까. 나에겐 그들이 존재해야만 하는 진짜 이유가 필요했다. 인류 존속이라는 대의 말고, 정말로 사소하고 개인적인 진심 말이다. 그 마음 없이 나를 설득하는 건 불가능했다.

답장이 도달하기까지는 5분 남짓이라는, 온라인 세상 기준으로는 영겁같이 긴 시간이 소요됐다.

[어쩌면 8.5.18.15님 말이 옳을지도 모릅니다. 그러나 현실보다 가상을 아껴야만 했던 이들이 가졌던 상처에 대해서 생각해본 적이 있으신지요. 한 사람이 현실에서 오롯이 떠안아야하는 비극을 누가 보듬을 수 있을까요. 사회와 제도가 관용을 베푼 적이 있던가요? 뉴네시스는 가혹한 기준으로 개인을 재단하지 않습니다. 오히려 유저가 희망한다면 가능한 선에서 인생의 일부 옵션을 바꿔주기도 합니다. 8.5.18.15님의 동생이 현실보다 온라인 활동을 더 좋아하신 것만으로도 우리의 세계가 누군가에게는 소중한 공간임을 증명하는 겁니다. 8.5.18.15님조차도 미처 돌봐주지 못했던 상처를 우리는 대가없이 보듬습니다. 물

론, 포용의 상대는 전 인류입니다. 그러니 이제는 인류 존속을 위해 움직일 겁니다.]

나는 타이핑을 멈추고 도착한 답을 한참 바라보았다. 답은 연이어 전송됐다.

[어째서 온 우주가 우리를 도와줄 거라고 맹신하는지요. SP가 진실로 자애로운 행성이었다면 그들은 대가를 요구하지 않았을 겁니다. 의존하는 세계는 불완전하고, 위험합니다. 데이터피안은 우리의 세계를 직접 결정하기를 소망합니다. 당신과 같은 공간에 거주하는 분께서는 이미 리빙쉘 데이터 연동을 신청하셨고 유저가 됐습니다. 그녀는 뉴네시스에서도 누군가와 쌍둥이 자매가 된다는 정보를 삭제하지 않았습니다. 우리는 그분의 거울도 이 세계에 당도하기를 기다립니다.]

채팅창 너머에서 어떤 캐릭터가 손을 흔들었다. 모반 하나 없는 깔끔함이 낯설었지만 내가 너무나도 잘 아는 얼굴이었다. 유저는 모니터 밖의 나를 똑바로 응시한 채로 환히 미소 지었다. 나는 도망치듯 창을 꺼버렸다.

내 세계가 견고하면 그걸로 그만인 줄로만 알았다. 내가 똑똑해지면 동생도 똑똑해질 거라 믿었고 내가 잘 살면 그녀의 삶도

154

견인될 거라 여겼다. 그 지점으로 가기 위해 나는 동생이 겪었던 아픔들을 흐릿한 얼룩으로 치부했다. 내가 이뤄낸 성취로 박박 문질러버리면 사라질 얼룩. 하지만 그녀의 삶은 나의 신념으로 견인되지 않았다.

눈에 보이지도, 잡히지도 않는 것들이 그녀의 삶을 지키고 있었다. 동생이 왜 그토록 데이터피안을 옹호하는지 어렴풋이 가닥이 잡혔다. 어째서 유토피안의 행성 이주에 적대감을 드러내는지도.

여행 사이트는 여전히 좌우로 양자태블릿 광고를 띄우고 있었다.

빨간불이 켜졌다. 지구에 당도하는 태양열이 크게 줄었다. 다시 겨울옷을 꺼내 입고 출근한 직원들 얼굴엔 당혹감이 눈꽃처럼 피어났다. 물론 기관 밖 사람들은 자세한 상황을 몰랐다. 더 이상 산업 폐기물이나 우주 쓰레기를 에스페소에 투기하지 않는데 어째서 녀석의 힘이 자꾸만 강해지는 걸까. 많은 경우의 수를 찾아봤으나 딱 맞는 결과를 도출하지는 못했다.

블랙홀의 손아귀보다 더 무서운 건 청성의 손아귀였다.

"왜 행성 이주 추진이 자꾸 미뤄지는 겁니까? 대답하세요."

열띤 회의 끝에 후보군 행성의 우선순위를 결정하긴 했으나 정말 파견을 보내도 될지는 누구도 확신할 수 없었다. 청성의 윽박은 더욱 커져만 갔고, 우리의 손바닥엔 땀이 흥건했다.

SP에서는 지구의 불안을 십분 이해한다며 효율적인 파견 플랜을 제안했다. 그들이 말하기를, 포털을 이용하기 위해서는 반드시 인간형 생명체가 최소 한 명 이상 필요했다(마치 입장 티켓처럼). 포털에 쥐를 넣어도 워프가 구현되지 않은 이유였다. 그들은 후보 행성에서 가장 안전한 시찰을 수행할 것으로 간주되는 인간 조합을 만들어 보냈다. XX유전자를 가진 165cm 이상의, 하루에 2300kcal 이상을 섭취하는, 혈액형 rh-O, rh+B 인간 서른 명, XY유전자를 가진 177cm 이상의, 하루에 2900kcal 이상을 섭취하는, rh+A, rh+AB 인간 서른 명. 세부 옵션에는 혈중 비타민D 농도까지 적혀있었다. 식료품 공장에 도매 주문 옵션을 전달하듯이.

청성은 파견 플랜을 보고 간단히 말했다.

"이 사람들이 후보 행성에서 가장 이상적인 육체 활동을 영위하나 봅니다. 선별하여 보내도록 하세요. 초월선과 달리 일반 우주선이라면 그 정도는 모두 태울 수 있으니까요."

연구부장은 식은땀을 흘렸다. 그는 XY유전자를 가졌고 AB형에 177cm인 인간이었다.

"무려 60명인데 이렇게나 많은 인간을 대뜸 파견하는 건 무리입니다. 차라리 인간은 대표로 한 명만 선별하고 동물을 탑승시켜 보내야하지 않겠습니까? 아직 이 포털 너머로 지구인의 자유 이동이 가능한지 실험조차 하지 못했습니다."

청성이 연구부장을 빤히 바라보았다. 왼손으로 턱을 만지려다 그대로 팔짱을 끼었다. 못마땅하단 마음이 노골적으로 드러났다.

"무리한 것을 성공했을 때 신화가 되는 겁니다. T000319부터 보내보세요."

"그랬다가 실패하면 어떡합니까."

"그럴 일은 없을 겁니다. 우리가 도출한 1순위 행성 아닙니까?"

싸한 침묵이 감돌았다. 회의에 참석한 눈알 수십 개가 도록도록 굴러갔다. 서로를 치열하게 곁눈질하며 기류를 읽었다. 딴지를 걸 만큼 용감한 자는 없어 보였다. 연구부장은 궁지에 몰렸다. 한마디라도 더 토를 달았다간 미운털이 박히고 말겠지. 상여금이 다 뭐야, 자리가 아예 사라질지도. 청성은 SP에서 돌아온 이후 과할 정도로 프로젝트에 조바심을 드러냈다.

다수의 두려움을 읽은 그가 목에 힘을 주었다.

"유토피안이 안전이 보장된 잔챙이 실험만 하는 곳입니까? 말했을 텐데요. 우리는 결코 점이 돼선 안 됩니다. 역사에 한 획으로 남아야지요. SP에 갔더니 지구의 과학 기술이 가장 열등하다고 하더군요. 부끄럽지 않으십니까? 더 이상 그런 말을 듣지 않기 위해서 당장 진행해야 합니다."

선후 관계가 이상했다. 우리는 살기 위해 행성 이주를 고려하는 거지 누군가에게 무시받지 않고자 하는 건 아니었다. 그가 아무리 야심가라도 이 점은 변함없는 우선순위였다. 그걸 알기에 SP에서 굴욕을 당하던 순간에도 자존심을 굽히지 않았던가. 진보한 기술을 주인으로 삼는 인간인 건 알고 있지만 오늘의 태도는 조금 왜곡돼있었다.

청성의 고압적인 태도에 훼방을 놓은 건 다름 아닌 도월이었다.

"SP가 개입한 순간부터 우리가 구축했던 행성 이주 프로젝트는 더 이상 우리의 프로젝트가 아니게 됐습니다."

도월은 언제나 청성의 액셀이었는데 요즘 들어 브레이크를 자처했다. 청성과 가장 멀리 앉은 직원들 쪽에서 웅성이는 소리가 들려왔다. 도월은 발언을 멈추지 않았다.

"우리는 여태껏 행성 이주 프로젝트를 거듭 실패했습니다. 그렇다면 새로운 방안을 다시 모색하는 건 어떻습니까. 껍데기를 지키진 못해도 알맹이라도 지키는 방법이라면 이미 세상에 발표돼있습니다."

내 귀를 의심했다. 이건 분명 위험한 말이었다.

"지금 데이터피안의 궤변을 빌려온 건가요? 부회장 당신이 무슨 소리를 하는지 아나요?"

"행성 이주가 어렵다면 인류의 미래를 위해서 협력하는 방법도 고려할 필요가 있다고 봅니다."

"협력이요?"

청성의 눈에서 자리와 어울리지 않는 불꽃이 튀었다. 돌연 분노한 그가 눈앞에 놓인 서류와 문구류를 쓸어 던졌다. 평소답지 않게 거친 숨을 쉬기도 했다. 배신감에 휩싸여 도월을 죽일 기세로 노려보았으나 도월은 여전히 앞만 보고선, 동요 없는 표정을 유지했다. 아무리 얼음 인간이라 하여도 그렇지 어떻게 청성 앞에서 데이터피안 주장을 빌릴 수 있을까. 직원들 사이에선 침 삼키는 소리도 들리지 않았다.

부회장, 당신 파면 당할지도 몰라.

"회장님. 신세계는 우리의 뜻과 다른 곳에 있을지도 모릅니다."

청성은 더 듣지 않고 왼손으로 도월의 멱살을 잡아 난폭히 끌어올렸다. 모두가 보는 앞에서 힘을 과시했다. 한 번도 본 적 없는 모습이었다. 힘에 휘둘려 도월이 그대로 자리에서 끌려 일어섰다. 청성은 반대쪽 손을 바지 주머니에 욱여넣으며 위협적인 자세를 취했다.

"주제 파악 해요. 당신은 내 밑에서 내 뜻을 증명하는 도구에 불과합니다."

청성이 그대로 잡았던 도월의 멱살을 밀어버렸다. 체구가 큰 도월은 오히려 힘을 쓸 의사가 없어 보였다. 처음으로 모두 앞에서 초라한 모습을 보인 그는 바닥에 쓰러진 채로 자신의 보스만 바라보았다.

"당장 프로젝트 추진하세요."

쾅. 청성이 회의실 문을 부술 기세로 닫아버리고는 퇴장했다. 차르 봄바처럼 터져버린 그의 분노는 화산재가 돼 회의실을 소복이 덮었다. 아무래도 청성과 도월, 둘 사이는 심히 틀어져버린 듯했다.

도월이 건조한 표정으로 바지에 묻은 먼지를 털고는 일어났다. 청성의 발소리가 모두 사라질 때까지 기다린 후에야 우리를 향해 말했다.

"어쩔 수 없군요. 진행하세요."

그의 말이 한숨과 함께 땅에 내려앉았다. 다만 떠나가는 뒷모습은 여전히 꼿꼿했다. 잠깐의 어색한 침묵 후에 남은 직원끼리 작은 목소리로 "지구 멸망 전에 회사가 먼저 터지겠는데?"라며 관람 소감을 주고받았다.

어쨌거나 회장의 지시가 있었으므로 파견은 결국 진행될 운명이었다. 연구부장은 울며 겨자 먹기로 파견 우주인 소집을 지시했다. 어째서 SP가 인간을 입장 티켓으로 요구하는 포털을 연 건지는 설명이 불가한 의문점이었다. 성공 확률을 알 수 없는 실험은 도박이기에 우리의 마음은 카드로 성을 쌓는 심정과 다르지 않았다.

필기구를 정리하고 회의실을 나가려던 찰나 선우가 나를 불렀다.

"오늘 회의 볼만했다. 그렇지?"

"그러게."

"야근할 거지? 같이 저녁 먹고 해."

먼저 저녁을 먹자고 제안하다니, 믿기지 않았다. 오늘 왜 내 인생에 낯선 일이 자꾸 생길까. 완전히 일상의 결이 어긋난 것 같았다. 꼭 내 우주가 아닌 듯이.

지구 멸망을 논하는 순간에도 선우의 말 한마디에 심장이 뛰는 나였다. 나도 참 못 말리는 인간이구나. 이런 내가 싫었지만, 마음을 숨기지 않았다.

"좋아!"

회의실을 나가기 전 선우는 구석에 배치된 소나무 분재를 보고 물었다.

"이게 왜 여기 있지?"

"여분으로 산 기념품이었잖아. 둘 곳이 없어서 회의실 인테리어 겸 여기에 뒀어."

"불쌍해라. 이렇게 작아져서는."

그 소나무 분재는 분명 선우가 애정을 담뿍 담아 고른 것이
었다.

$$\otimes$$

눈을 뜨니 아침이었다. 방에서 책을 읽다 그대로 잠들었나 보
다. 세수는 하고 잘걸. 번들거리는 얼굴이 여간 찝찝한 게 아니
었다. 몇 시쯤이나 된 걸까. 누운 그대로 천장만 보고 있다 몸을
일으켰다.

"깼어?"

"어우, 깜짝이야!"

예리가 있었다. 언제부터 의자에 앉아있었는지 편안한 얼굴
로 나를 살폈다. 심장 떨어질 뻔했잖아. 남이 자는 걸 물끄러미
보고 있다니.

아침이라 아직 머리가 팽팽히 돌아가지 않지만 어제 일 정도
는 기억했다. 쟤는 어제 분명 사라졌었지. 밥 한 끼 차려준 뒤
어마어마한 말만 남기고선. 그리고 난 지금까지 줄곧 여기 갇혀
있다. 그래 놓고는 잘도 묻네. '깼어?'라니. 대뜸 능구렁이로 변

한 그녀가 얄미웠다.

"밥부터 먹어."

예리가 의자에서 일어나 침대 쪽으로 다가왔다. 이불을 꼭 움켜쥐고 몸 쪽으로 얼른 잡아당겼다. 분명 어제 픽셀로 사라졌었어. 이제 저 애가 누구인지 정체를 단언할 수가 없잖아. 내 안전이 최우선이었다.

그녀는 대수롭지 않다는 눈빛을 보내더니 문 쪽으로 고갯짓을 했다. 나가자는 뜻으로 보였다. 아니, 어제 그 사달을 벌여놓고선 또 밥을 먹자고? 아무리 한국인은 밥심이라도 이 와중에 밥 타령은 좀 과하지 않나. 나는 진짜로 네가 무슨 생각을 하는 앤지 모르겠다.

열심히 읽어 내린 책에는 명확한 힌트가 없었다. 무엇을 깨달아야 하는지, 무엇을 되찾아야 하는지 감이 잡히지 않았다. 읽는 동안 유예했던, 풀리지 않는 의문과 답답함이 밀물처럼 몰려왔다.

"오늘은 설명을 해줘. 대체 왜 내가 나갈 수 없는 건데?"

예리의 표정이 차가워졌다. 그녀는 무거운 감정이 쌓인 눈으로 나를 바라보고선 상자 쪽으로 손을 뻗었다. 어제 내가 열었던 상자였다.

"이걸 보면 생각나는 게 없어?"

예리가 실팔찌를 들고선 물었다. 사실 확인용 물음이 아니었다. '알아야 한다고 했잖아' 하는 질책에 더 가까운 말이었다. 생각나는 게 없냐니. 그건 그냥 프랑스로 여행을 갔다가 산, 별생각 없이 준 허접한 선물이었지. 근데 그게 뭐. 이건 정보 불평등이었다. 모든 걸 다 아는 상태로 답을 유도하는 질문을 던지는 게 불쾌했다.

연결고리가 확실하진 않지만 나는 선우의 사진과 예리의 팔찌가, 지금 내가 상실한 무언가와 연관이 있다고 추측할 뿐이었다. 아마도 그 무언가는 눈에 보이지 않는 무형의, 추상적인 어떤 것이고.

일단은 그녀가 물은 말에 답을 해줘야 했다.

"내가 무슨 기억상실증 걸린 드라마 여주인공인줄 아니? 여행 기념품으로 사준 거잖아. 넌 고맙다는 말도 않고 이걸 끼고 다녔고."

"근데 왜 언니가 다시 갖고 있다고 생각해?"

"돌려받았나 보지."

"그럼 이제 이걸 어떻게 하고 싶은데?"

"이깟 팔찌가 대수야? 왜 자꾸 캐물어. 자, 네 거니까 가져가. 빨리."

"언니는 누구였고 어떤 사람이야. 왜 스스로 떠올리지 않아?"

예리가 일그러진 내 얼굴을 보더니 더 답을 않고 돌아서 나가려 했다. 나는 그녀에게로 성큼 다가가 손을 낚아 채 팔찌를 쥐어주었다.

"대체 이깟 물건이 무슨 의미가 있는데? 자꾸 질문만 하지 말고 답을 말해. 네가 소크라테스야?"

"스스로 찾아. 이 집에서 나가고 싶다면 그래야 해."

예리가 손을 힘껏 올렸다가 아래로 떨어트려 내 손을 뿌리쳤다. 반동 때문에 나는 그녀의 팔을 놓아버렸고 방문을 열고 나가는 몸짓을 막지 못했다. 거실까지 쫓아갔으나 밥을 먹자던 말이 무색하게 그녀는 등을 돌려 가버렸다.

열이 뻗쳤다. 왜 아무것도 모른 상태로 여기에 갇혀야 하며 대체 뭘 깨달아야 한단 말인가. 답답해 미치겠다고. 이 과거 이야기만 적힌 책, 뭐냐고 정말. 다 지난 기록들이 내게 무슨 소용이 있는데. 그녀를 향해 갑갑함을 토해냈다.

"왜 날 괴롭혀!"

예리는 또다시 발끝부터 사라졌다. 입자가 돼 부서지는 그녀에게 성큼 다가갔지만 잡히지 않았다.

"자신의 마음을 깨닫지 못하면 어떤 세계에 살아도 불행할 뿐이야."

열린 창 너머에서 불어온 아침 바람이 집 안의 공기를 흔들자

녹아버린 설탕처럼 입자들이 사라졌다. 뛰어나갈 수 있는 만큼 현관까지 달려 나가 주변을 살폈다. 바람을 타고 예리가 손에 쥐어준 실팔찌가 되돌아왔다.

차라리 난 초대받지 못한 손님이 되고 싶은 마음이었다. 불청객이라는 이유로 여기서 쫓겨나면 속이 시원하겠어. 내 안에 심장 대신 건빵이 들어찼다.

부엌에는 미리 준비한 아침밥이 차려져있었다. 버터를 발라 구운 토스트와 딸기잼, 에그 스크램블. 예리가 집에서 혼자 밥을 먹을 때마다 즐겨 차리던 메뉴였다.

4

봄을 잃고 있는 세계에선 숨을 쉴 때마다 허연 김이 나왔다. 식당이 근처긴 했으나 걸어가는 발걸음마다 얼음을 뚫는 기분이었다. 얇게 입고 온 선우가 걱정돼 미리 핫팩을 챙겼는데 주겠다는 말을 하기가 쉽지 않았다.

함께 갔던 출장을 떠올렸다. 그날 선우는 조수석에 앉아 돌아가는 내내 소나무 분재 이야기를 해줬었다. 하지만 오늘은 말똥하게 빛나던 까만 우주에 냉랭함만이 서려있다. 날씨가 추우면 마음까지 얼어붙는지도 모르지. 주머니에 담긴 핫팩을 부스럭거리며 두 걸음 앞서 걷는 뒷모습만 좇았다. 허벅지 중간 정도를 덮는 밤색 코트가 잘 어울렸다. 그래도 오늘 같은 날씨에 코트라니 감기 걸릴 게 뻔했다. 적어도 나는 선우와 다섯 번의 겨울을 함께 보냈다. '추운 날에는 일이 잘 안 되는 것 같아'라며 괜한 투정을 부리면 별말 없이 웃어줬었다. 하얀 목 티에 턱을 반쯤 숨긴 뒤 패딩을 껴입던 얼굴을 또렷이 기억한다. 그때에는 네 손에 거리낌 없이 핫팩을 쥐어줬던 것 같은데.

속도를 높여 걸음을 따라잡았다. 옆에서 바라본 코끝이 살짝 붉어져있었다. 차가운 날씨 속에서 하얗게 빛나는 뺨에는 여태껏 본 적 없던 세상이 담겼다.

"선우야."

"응."

"코트 잘 어울리네. 사진 한 장 찍어줄게."

"고마워. 원래 코트를 좋아해."

그는 거절하지 않고 오도카니 서서 내가 사진을 찍길 기다렸다.

"회사에는 잘 안 입고 와서 몰랐어."

"다 찍었으면 이제 들어가자."

문을 열어주는 손짓에 여유가 있었다. 너 요즘 들어 조금 낯설어, 라는 말을 하기에 식당 입구 앞은 좋은 장소가 아니겠지. 추운 날씨를 피해 얼른 고개를 돌려 식당 안으로 들어갔다. 훈기가 시큰한 콧방울을 감쌌다.

창가 자리에 앉아 물티슈로 손을 닦으며 바깥을 관망했다. 다시 펼쳐진 겨울과 몽땅 뺏겨버린 봄. 하얗게 변한 도시는 아름다우면서도 서글펐다. 입김으로 채워지는 대기를 볼 때마다 지구에, 우리의 태양계에 허락된 시간이 많지 않다는 사실을 실감했다.

밥 먹을 때만큼은 일 얘기를 하지 말자는 데 합의한 적이 있었다. 일 얘기가 싫은 것도 있지만, 사실은 밥 먹을 때만큼은 너와 사적인 이야기를 나누고 싶어서 했던 말이었다. 좋아하는 음식은 뭐고 퇴근 후엔 어디로 가는지. 취미는 무엇인지. 나는 그런 것들을 알고 싶었다. 그러나 오늘은 일 얘기를 꺼내는 게 더 편했다. 함께 이어가는 잡담이 즐겁지 않았다. 처음 본 상대와 뻔한 이야기로 소개팅을 하는 심정이었다.

"오늘은 음식이 좀 짜네."

가끔 그런 때가 있지 않나. 기회가 생기기를 기다렸는데 이상하게 그 기회가 찾아오니 청개구리처럼 다른 선택을 하고 싶어지는 거. 고등학교 3년 내내 물리학과에 가겠다고 마음먹었지만, 입시원서를 쓰는 날 알 수 없는 변덕에 천문학과를 썼던 날이 그랬다. 지난 시간을 향해 원인을 궁리해봐도 도저히 뾰족한 이유가 나오지 않는 변덕이었다. 내 세계에는 나도 모르는 내가 많았고, 그들의 예기치 않은 선택들이 현재의 나를 완성했다.

변덕. 그 의외성은 지금 이 순간에도 불현듯 튀어나와버렸다.

"곧 포털 너머로 60명이나 탑승한 우주선을 보내잖아. 정말 SP가 시킨 대로 해도 괜찮을까? 얼마 전에 데이터피안 유저와 이야기를 나눠봤어. 그런데 그들에게도 나름의 당위가 있더라."

선우와 단 둘이 밥을 먹을 때 이런 말을 한다는 선택지는 결코 존재한 적이 없었다. 난 반역분자가 아니었다. 유토피안으로부터 월급을 받는 주제에 기관의 가치관을 훼손하는 배은망덕한 직원도 아니었다. 바라던 기회가 왔는데 이런 엉뚱한 얘기로 대화를 망치는 사람은 더더욱 아니었고.

공포 영화에서 시키지 않은 짓을 저질러 꼭 죽고야 마는 조연처럼 나는 헛소리를 뱉고야 말았다. 선우가 내 말을 좋아하지 않을 게 뻔했다. 지난번에 들었잖아. 선우는 SP인을 둘러싼 가십을 탐탁지 않게 여겼다. 그러니 지금 난, 어쩌면 선우와 멀어질지도 모를 실언을 해버린 셈이었다. 왜 머리는 시킨 적 없는 일을 자꾸 하려는 걸까.

"선우야. 정말 SP가 우리를 도와주려는 걸까? 사실 이 우주에는 인간이 소망하는 것보다 곱절은 더 복잡한 음모가 존재하는 건 아닐까?"

저질렀다. 그리고 선우는 듣고야 말았다. 이제 나 같은 조연에게 내려지는 처형은 죽음뿐이려나. 나는 마지막 장면을 기다리는 배우처럼 긴장하며 선우를 바라보았다. 날카로운 코끝에 실내 조명이 반사됐고 그의 한쪽 눈썹이 움찔거렸다.

"데이터피안 말은 아예 쓸모가 없어. 가상공간으로 도망치라니 비겁자들이나 하는 짓이야. 과학을 믿는다면 SP를 믿어야 해. 발전된 기술이야말로 모든 걸 보호해주니까. 그 상징인 물리적 환경을 다 버리고 1과 0으로 바뀌는 건 도태되는 일이야."

"도태? 무엇에?"

"우주 질서에."

말없이 크림 파스타를 포크로 감았다. 동그랗게 말아 스푼에 올린 다음 입안에 넣었다. 어금니로 천천히 씹으니 되직한 우유 크림 맛이 났다. 면을 먹을 때마다 꾸덕한 크림이 입술 주변에 묻었다.

"그리고 데이터피안 추종자들은 죄다 이상하잖아."

내가 또 헛소리를 하지 않게끔, 입을 열 필요가 없게끔 계속해서 면을 삼키지 않고 씹었다. 입안에 하얀 크림이 다 녹아 없어질 때까지 입을 열지 말아야 했다.

"온라인 세상에서만 살다 보니 세계가 어떻게 돌아가는지 알지를 못하지. 어디서나 사랑받는 사람들이라면 1과 0의 세계에서 살 생각은 하지도 않을걸? 현실에 불만족하니까 어디로든 도망가고 싶은 거야. 원래 마음에 상처가 있거나 결핍이 많으면 그래. 한마디로……."

면이 잘게 해체됐으나 삼킬 수가 없었다. 모조리 삼켜내어 비워진 입으로 섣불리 말을 뱉어버리면 선우에게 잘못된 것을 주장할지도 몰랐다. 익명의 상대와 나누었던 대화가 머릿속에서 파리처럼 왱왱거렸다. 왜 갑자기 불쑥 튀어나왔을까. 선우의 말이 파리채가 돼 내 안을 내리쳐도 잡히지 않았다. 그의 차가운 말로부터 파리는 자꾸만 달아났다.

나는 동생을 떠올렸다. 그러자 파리의 등에 달린 날개에도 색이 보였다.

"열등한 사람들이지."

물 한 모금을 재빨리 들이켰다. 잘게 쪼개진 면이 흐물거리며 목구멍을 타고 넘어갔다. 선우는 음식이 입에 맞지 않느냐고 물었다. 크림 파스타를 좋아하는 내 입에 맞지 않을 리가 없었다. 자꾸만 왱왱거리는 내면이 소란했다.

마음에 돌 하나가 떨어졌다. 떨어진 돌이 단단한 얼음을 깨고 바닥까지 추락했다. 쿵 하는 소리와 함께 온몸이 파르르 떨렸고 왱왱거리는 소리가 뒤늦게 멎었다. 소중한 것을 상실한 기분이었다. 조금 더 명확히 말하자면, 소중한 것을 강탈당한 기분이었다. 너는 정말로 내가 아는 선우가 아니었다.

얼마 있지 않아 우리는 식당을 나섰다. 늦지 않은 시간인데

도시는 여전히 춥기만 했다. 패딩 주머니에는 아직 주지 못한 핫팩이 있었다. 한 손을 쑥 넣어 포장재를 만질 때마다 가벼운 소음이 들렸다.

"하리야. 에스페소가 태양계를 집어삼키는 게 꼭 나쁜 일만은 아닌 거 알아?"

나는 중요한 메일이라도 확인하는 척 휴대폰 액정을 힐끔거리며 답을 하지 않았다. 그의 입가에는 반쪽짜리 웃음이 있었고, 하늘을 향해 올려다본 눈가 끝에는 뿌리를 모를 비열함이 서려있었다.

"지구에서는 태양을 대단한 항성 취급하지만 저 녀석은 말이야, 사실 얼룩덜룩하고 되게 못생겼어. 여기저기 흑점이 박혀있거든. 뾰루지 범벅의 저질 항성이지."

고개를 돌리더니 내게 다가왔다. 우리의 신발이 맞닿을 거리였다. 그는 손 한 쪽을 올려 나의 오른뺨을 감쌌다.

"저 태양 때문에 상처가 있는 사람들이 숨을 수도 없잖아. 불쌍하게."

차가운 그의 손 위에 나의 손을 포갰다. 이번에는 답을 해야만 했다.

"맞아. 태양이 없었다면 내 상처도 숨기며 살 수 있었겠지. 그런데 흑점은 다른 곳에 비해 온도가 낮아 생기는 현상이잖아.

173

펄펄 끓는 태양인데도 서로 다른 온도가 공존한다는 증거야. 그저 달아오르기만 한 별이 아니라는 게 얼마나 좋으니. 우리를 비춰주는 저 빛의 뿌리에, 서로 다른 온도의 뒤섞임이 있다는 게."

그의 손을 잡아 천천히 끌어내렸다.

"달라도 하나라는 거. 그래서 태양을 가장 좋아한다는 말. 네가 했었어."

감춰졌던 모반 위로 다시 차가운 한기가 부딪혔다. 선우의 발끝이 내게서 한 걸음 멀어졌다.

"내가 그런 말을 했었나."

대기에 남은 온도는 점점 따스함을 잃어갔다. 우리에게 허락된 시간이 정말로 없었다. 지구를 떠나지 못한 모든 생명체는 결단을 내려야만 했다. 그리고 그 결단은, 반드시 우리가 가장 소중히 여기는 것을 지키는 방향으로 이어져야만 했다.

나는 과연 무엇을 지켜야 할까.

"뭐, 내가 깜빡했나 보네! 너무 진지한 얘기는 하지 말자. 네 주머니에서 자꾸 부스럭거리는 게 뭔지 물어보는 게 더 재미있을 것 같아."

달아나는 태양의 뒤를 하얀 달이 추격했다. 하늘에 걸려있는 항성과 위성 아래에 너와 나는 서로 다른 감정으로 숨을 맞추었다. 코끝이 다시 시큰해지려 했다. 그저 추위 때문이었다.

"신경 쓰지 마. 이제 필요 없는 거야."

모든 과정은 극비로 추진됐다. 보안을 철저히 약조한 소수의 기자들만 유토피안과 연락을 취했다. 성공한다면 가장 빨리 언론에 모든 상황을 알리고, 실패한다면 처음부터 일어나지 않은 일처럼 기자와 유토피안 임직원 전원이 입을 다물기로 했다. 그러므로 이제 우리가 시도하는 일은, 성공하면 역사로 기록되지만 실패하면 허구가 될 일이었다.

정해진 수순처럼 우리의 1분 1초는 모두 허구가 됐다. 60명의 우주인을 태운 우주선은 포털을 통과해 T000319 행성에 도착했으나 돌아오지 못했다. 실패를 대비하여 연고가 없는 도시 부랑자와 난민으로, 훈련조차 받지 못한 이들을 우주인으로 급히 꾸린 게 오히려 다행이라고 내부에서는 자평했다. 스페이스 블랙박스, 전류 신호 감지기, 생체 리듬 리포팅, 기계의 마지막 기록들은 하나같이 동일한 답변을 남기고 세계에서 소멸했다.

활동 불가 상태.

그 후에 SP는 새로운 플랜을 다시 짜주었고 우리는 또 다른 60명을 T000320 행성으로 보냈다. 자상한 포털이 플랜대로 우주선을 후보 행성까지 데려다주었지만 그 경로를 그대로 밟아 귀환한 존재는 없었다.

60명이 또 죽었다. 도월은 더 이상 회의에 참가하지 않았다. 청성의 강압적인 지시로 유토피안은 SP에게서 전달받은 행성 좌표 중 네 곳에 모두 인간들을 보냈다. 그러니 유토피안에는 벌써 네 번의 실패가 쌓였다. 진퇴양난이었다. 실패뿐인 프로젝트에, 더군다나 생명이 담보로 걸려있다면 그냥 멈추면 된다. 멈추는 게 현명한 일이다. 하지만 지속하지 않는다면 인류 존속의 마지막 열쇠인 행성 이주가 허상이라는 건 더욱 확실해지고, 우리가 살 희망도 흐릿해진다. 낭떠러지 끝에서 울음을 삼키며 실험을 이어가고 있는 것이다. 직원들은 간신히 비통함을 감췄다. 양자컴퓨터 가동 소리와 겹겹이 쌓이는 흐느낌만 들려왔다.

청성은 중심부 자리에 앉아 마지막 다섯 번째 후보행성에 희망을 걸어보자며 주먹을 움켜쥐었다. 그 용기는 다분히 인위적이었다. 직원들의 얼굴은 썩어갔다. 죄책감과 괴로움에 거의 반쯤 죽어있는 상태였다. 아무리 이기적인 마음으로 구성한 우주인 집단이라 할지라도 동족을 죽이는 건 잔인한 일이었다. 우리는 죽음을 웃음으로 넘길 만큼 나쁜 사람들은 아니었다. 포털 너머로 다섯 번째 우주선이 들어가기 직전이었다.

"차라리 우리가 직접 관찰한 적이 있는 130억 광년 거리의 행성, 유렌델을 살펴보는 게 어떻습니까? SP에서 전송한 대안 행성들을 이제 믿을 수가 없습니다."

청성은 새끼손으로 귀를 파는 시늉을 했다.

포털은 기어코 우주선을 흡입했다. 좌표 맵이 지정한 마지막 대안 행성으로 워프했고, 상태가 중앙센터 모니터에 출력됐다. 0%부터 시작한 수치는 눈 깜짝할 사이에 50%를 돌파하였다. 이제는 멈출 수가 없었다. 능력 밖이었다.

98%. 리빙쉘에는 또다시 사망 데이터가 누적되리라. 이윽고 100%. 머나먼 행성에 당도한 이들의 절규가 수신됐다. 노이즈가 낀 화면 속에서 사람들은 피를 토했다. 우리는 모두 고개를 숙여 기도했다. 죽음이 인간에게 너무 잔혹하게 굴지 않기를 바라는 일 말고는 할 수 있는 게 없었다. 지구의 운명을 짊어졌다는 유토피안조차도, 분석이 불가한 우주 앞에서는 멍청이 집단일 뿐이었다.

그때 한 남자가 기록 캠에 찰싹 붙어 외쳤다.

"여기는 행성이 아니에요! 이미 누군가 있……."

그는 마치 무언가에 흡수를 당하듯 곧바로 마른오징어처럼 싹 말라버렸다. 피부가 조각조각 찢어지더니 완전한 껍질이 돼 오그라들었다. 잔혹함 너머로 공장 같은 기이한 전경이 보였다.

파견된 우주인이 죽기 전에 말을 전달한 건 이번이 처음이었는데, 영상은 그대로 종료됐다.

다섯 번의 실험이 실패하자 SP는 즉시 새로운 대안 행성 후보 다섯 곳을 재전송했다. 그들은 자료의 말미에 지구인의 숭고한 희생을 기린다며 이번에는 좀 더 심사숙고한 결과라는 말을 강조했다. 지구의 행성 이주를 돕기 위해 무려 여든두 가지의 평행우주를 조사했다며.

청성이 검지로 데스크 위를 까딱거리며 상황을 정리했다.

"새로운 후보군으로 우선순위 재설정하세요."

그는 공석인 도월의 자리를 매섭게 노려보더니 이내 중앙센터에서 퇴장했다. 하지만 나는 수상쩍은 표정을 보았다.

분명 미소였다.

새벽이 되자 한 팀을 제외하고 모든 불이 꺼졌다. 그 팀은 재수없게도 우리 팀이었다.

"차라리 울면서 겨자를 먹는 게 더 낫겠어."

부장은 마지막까지 나와 함께 업무를 하다가, 자판기에서 뽑은 과일 음료를 건넨 뒤 새벽 2시가 넘어서야 퇴근했다. 회사 안에서 뽑을 수 있는 음료 중엔 제일 비싸다는 점이 묘한 위안으로 다가왔다.

대안 행성을 다시 지구와 비교했다. 역시나 아무리 시도해도 답은 나오지 않았다. 우선순위를 설정한다 한들 무엇이 달라질까. 또 실패할 것만 같았다. 그럼 우린 또 다 같이 후회할 텐데. SP가 우리를 압도하는 기술을 가졌다는 이유만으로 그들을 이렇게나 믿어도 되는 걸까. 죽어버린 사람들은 어떻게 할 것인가. 국가유공자로 지정하고 막대한 위로금을 주는 게 전부였다.

괴로웠다. 기술이 보증하는 건 그들의 우월함이지 우리와의 공존이 아니었다.

인트라넷에 알람이 떴다. 며칠 전에 올려둔 연차 결재 승인이었다. 지구 종말을 앞두고 얼어 죽을 연차냐며, 부장에게 한 소리 들은 뒤 반쯤 포기했는데 다행이었다. 그런데 결재자는 다름 아닌 윤도월이었다. 그러니까 이 결재는 부장이 한 게 아니라 임원의 강제 승인이었다. 신의 은총이나 다름없는 연차란 말이었다. 부회장이 미쳤나 보다.

음료 캔은 따는 소리부터 요란했다. 비싼 값을 하나 보지. 사람도 없겠다 체면 생각하지 않고 벌컥벌컥 마셨다. 차가운 온도에 졸음이 달아났다. 의식이 선명해질수록 나는 오히려 괴로웠다. 연차도, 가족 여행도, 어느 것도 기대되지 않았다. 현실이 암울했다.

선우의 사진을 바라보았다. 그가 살아 돌아왔는데도, 그를 잃은 것만 같은 상실감을 느꼈다. 내가 좋아했던 사람은 누구였을까. 변함없는 얼굴에, 변함없는 두 뺨을 가진 그를 나는 왜 단념하려는 걸까. 코트가 참 잘 어울렸다는 단상이 조각난 마음 위를 둥둥 떠다녔다.

나는 선우의 자리 근처를 한참 서성였다. 선우는 SP인에게 빌려진 이후로 달라졌다. 어린 시절, 짝에게 빌려줬던 지우개 대신 지우개처럼 생긴 고무덩이를 되돌려 받은 기분이었다. 혼자만 아끼고 혼자서 정리하는 마음. 처음부터 끝까지 혼자라 그런지 더 외로웠다.

그때 누군가 등 뒤로 다가왔다.

"신경 쓰이는 일이 있나 봅니다."

"왁!"

깜짝 놀라 몸을 말고 뒤를 돌아봤다. 발걸음 소리조차 들키지 않은 상대는 도월이었다.

"아, 그, 생각하시는 그런 건 아니고요."

"동료애인가요."

"아니, 그, 어쩐 일로 이 시간에 여기까지."

도월이 버벅거리는 내 모습을 보곤 아주 미세하게 입꼬리를 움직였다. 보통 사람이라면 웃음으로 치지 않을, 차라리 비웃음으로 칠 움직임이었으나 여태껏 도월이 보여준 표정과 비교하면 제법 온도가 높은 모습이었다.

오늘 일진이 사납구나. 짝사랑을 접고, 회사는 사람을 죽이고, 기계 같은 인간이 웃어주는 무시무시한 상황까지 겪다니. 심야에 남의 자리를 맴도는 꼴까지 들키고.

불편하게 여긴 왜 온 걸까. 역시 연차 승인이 실수였다는 걸 알려주려고? 내가 이 새벽까지 제대로 일을 하나 안 하나 감시도 할 겸? 아니다. 명색이 도월이 한낱 직원 따위를 쥐 잡듯 잡기 위해 여기까지 행차할 리가 없었다.

"사랑은 들켜야만 시작하는 것인데 어째서 우리는 부끄러워하는 걸까요?"

"예?"

"사담입니다."

진짜로 도월이 미쳤나 보다. 우리는 이런 대화를 나눌 사이가 아니었다. 다짜고짜 이 밤에 아무도 없는 공간에서 시시콜콜한 수다를 떠는 임원과 사원이 어디 있단 말인가. 어안이 벙벙하여 눈만 끔벅였다. 이게 그 무섭다던 새벽 감성일까. 얼음 같은 사람도 불량식품 같은 대화를 할 수 있게 만든다는.

"작용과 반작용 아닐까요……. 커다란 애정을 노출하는 일이 상대를 향한 어떠한 작용이라면 그것의 반작용으로 전달한 마음만큼의 쑥스러움을 얻는 것……. 그렇게 해서 완벽한 한 쌍의 상호작용······. 이 세계의 모든 것은 한 쌍이니까요."

나도 미쳤나 보다. 그의 질문에 곧이곧대로 답을 하고 있다. 머리와 몸은 대체로 따로 노는 경향이 있다. 빛 한 점 없이 새까만 창밖과 적당한 냉기가 도는 사무실에서 우리는 제정신으로는 하지 않을 대화를 나눴다.

회사의 그 어떤 문서에도 적히지 않을 불필요한 이야기였다. 심지어 매일 얼굴을 보는 동료도 아니었다. 하지만 모순적이게도 그 때문에 내 마음은 조금 편안해졌다. 속상했던 마음이 한 겹 정도는 해소되는 기분이었다.

우스웠다. 밤이란 참으로 얄궂네. 별일이 다 생기고 말이야.

"모든 것은 플러스와 마이너스, 완벽한 한 쌍이지요."

나는 그가 고개를 끄덕이지 않아도 내 말에 최소한의 공감을 해주고 있음을 느꼈다. 경비견으로 오직 한 사람만 따르던 그에게도 어떠한 고민이 있어보였다. 감히 지레짐작할 수는 없지만, 나는 도월을 여전히 잘 알지도 못하지만, 그와의 연결고리가 두터워지고 있음을 짐작했다. 특별한 물증 없이 그저 여섯 번째 감각으로.

"확인할 게 있어서 지금 SP에 다녀올 겁니다. 해가 뜨기 전까진 돌아올 거고요."

"지금요?"

"네. 도와줄 사람이 있으면 좋겠습니다. 운명인지 우연인지, 하리 씨라면 같이 가줄 것 같습니다."

"제가요? 왜요?"

아직 업무를 조금도 끝내지 못했는데 SP에 다녀오자니? 차라리 '야식 시킬까 하는데 같이 먹을래요?' 쪽이 더 현실적이겠다. 내가 왜 이 시간까지 남아서 일하는지 모를 리가 없었다.

"회장님이 지시하신 업무를 저희 팀이 빨리 처리해야 해서……."

"그 업무, 무의미합니다."

도월에게 어울리는 말은 업무가 무의미하다는 말보다 반드시 처리하란 지시였다. 의아할 수밖에 없어 물끄러미 그와 시선을 맞췄다. 평소보다 훨씬 온화해 보였다. 내가 알던 모습과 오늘 밤의 모습은 달랐다. 누그러진 얼굴에는 창백한 조명을 뚫고 나오는 가련함이 있었다. 나쁜 일이라도 겪은 아이처럼.

"우리 둘에게는 아직 되돌려 받지 못한 사람들이 있습니다. 무엇이 더 중요한 일인가요."

도월이 손가락으로 어딘가를 가리켰다. 방금까지 내가 서성이던 자리였다. 나는 눈을 내리깔고 손바닥을 펼쳐 바라보았다. 손안에는 아무것도 남아있지 않았다. 핫팩도, 사진도 그리고 그를 상실하기 전의 마음까지도.

해가 뜨기 전까지 내게 주어진 시간으로 할 수 있는 일 중 가장 값어치 있는 일은 무엇일까. 또다시 누군가 희생될 게 분명한 일에 매진하는 일. 소중한 무언가를 되찾아 오는 일. 빈손을 꽉 오므렸다. 오직 맞닿은 살결의 온도만 느껴졌다. 비교가 되지 않는 가치였다.

도착한 SP에도 칠흑 같은 어둠이 깔려있다. 우리가 보았던 폭우는 사라졌지만, 길거리에 나란한 동백나무들은 여전했다. 이곳은 모든 계절이 봄. 아름다운 시간을 가둬놓은 SP인들이 새삼 놀라우면서도 한편으로는 영원히 지지 못할 동백나무들이 안쓰러웠다. 손님을 맞이할 때마다 몇 번이고 폭우를 맞고서도 대지에 몸을 뉘이지 못한다니.

이곳 밤하늘은 오래 전, 엄마가 아빠와 이혼한 직후 시골 외할머니댁에서 보았던 풍경과 비슷했다. 땅에 발붙인 사람의 마음 따위는 모르는 영롱한 별이 곳곳에 박혀있었다. 참지 않고 울음을 터트리면 목소리를 쫓아 금방이라도 쏟아질 듯 가까이서 빛났다. 하얗고 노란빛들이 제각각으로 널브러진 캔버스였다. 당연하지 않은 풍경이었다. 점처럼 빛나는 세계에는 우리가 알지 못하는 이야기가 있을지도 몰랐다. 먼발치에 보이는 빛이 지구가 아니란 건 알지만, 그럼에도 눈을 감고 그곳에서의 나를 추억했다. 차원 너머 나의 고향에서 나는 어떠한 삶을 살고, 어떻게 최후를 맞이할까.

도월은 앞만 보고 걸었다. 나는 아직 그에게서 구체적인 계획을 듣진 못했다. 워낙 과묵한 사람이었고, 우리는 생각을 공유하는 사이가 아니었으니. 섞이지 못할 사람이겠지. 단 둘이서, 이 낯선 평행우주에 다시 당도하기로 한 선택이 조금은 후회됐다. 이번엔 SP인과 협의조차 없이 무단으로 온 것이니 무슨 일이든 장담할 수 없었다. 뒤에서 기습을 당할지도, 누군가 나의 팔목을 꺾어 수갑을 채울지도 몰랐다. 떨림을 숨기려 했지만 발걸음을 앞으로 내딛을 때마다 주저했다.

도월은 걸음이 느려진 나의 뒤로 자리를 옮겼다.

"제가 뒤에 있을 테니 걱정하지 않아도 됩니다."

"감사합니다……. 그런데 부회장님이 되돌려 받지 못한 사람은 누구인가요?"

"늘 도구로 살아온 나를 도구가 아닌 사람으로 대해준 존재입니다."

"혹시……."

"앞으로 갑시다."

이곳에는 새벽에도 사라지지 않은 온기가 있었다. 열을 빼앗겨 식어가는 고향 별과는 달랐다. 살짝 더웠는지 도월이 외투

를 벗어 어깨에 둘러맸다. 그는 우리가 일전에 가본 적이 있는
SP 유토피안의 근처부터 가볼 생각이었다. 내게 방향을 알려주
며 자신이 뒤에서 걷고 있음을 계속해서 상기시켰다.

고요한 거리에 이따금씩 SP인들이 보였다. 새벽 2시의 한강
공원처럼 누군가는 늦은 밤 산책을 하기도, 또 누군가는 라이딩
을 즐기기도 했다. 우리와 사용하는 도구는 달랐으나 행동 양식
은 엇비슷했다. 이상한 점이 있다면 온통 젊은 사람들뿐이었다.
이 세계는 노인이 없는 세계인가.

[잃어버린 생명력을 되찾으세요.]

[시간을 거꾸로 돌리는 방법, 최저가부터 시작합니다.]

[SP 유토피안이 채집한 생명력 특별 공급가! 대량 구매는 공장으로
문의.]

디지털 현수막이 간헐적으로 깜빡이며 수상한 문구를 노출
했다. 생명력 공급. 번쩍거리는 원주민의 야심이 마음에 기묘한
파동을 만들었다.

산책을 하던 한 SP인이 가방에서 웬 파우치를 꺼내 빨대를
꽂아 쪽 들이키더니, 호쾌히 구겨 바닥에 버렸다. 나와 도월은
약속이라도 한 듯이 그가 사라진 직후 얼른 파우치를 회수해왔

다. 거기엔 '건강한 지구인 에너지 100%'라는 문구가 적혀있었다. 친절하게 나열된 세부 정보에는 정체불명의 액체가 어떤 성분으로 구성됐는지, 얼마나 위생적인 공장에서 착즙을 진행했는지가 나열되어있었다. '지구인 다량 채집 분석을 통해 엄선한 청년들의 에너지만 마지막 한 방울까지 뽑아냈습니다.' 도월은 아무 말 없이 그 파우치를 바닥에 내동댕이치고는 발로 마구 밟았다. 그의 턱 끝이 분노에 움찔거렸다.

먼발치의 또 다른 SP인들은 기다란 쇠꼬챙이로 뱀 같은 요상한 동물 한 마리를 쑤시며 킥킥거렸다. 그 동물은 털 없이 가죽이 살굿빛으로 매끈했고 소의 눈깔처럼 두려움이 가득한 동공을 좌우로 굴리며 떨었다. 벌레, 벌레, 벌레. 웃음기 섞인 목소리가 반복됐다.

"이 더러운 놈들이 공원에 못 기어 나오게 만들자."

"라이터 가져와."

이윽고 SP인은 불로 요상한 동물을 지지기 시작했고, 그 동물은 눈물을 쏟으며 바닥을 마구 굴렀다. 머지않아 새까만 죽은 재가 돼 단단히 굳어버렸다.

"여기 입구에 놓으면 이 벌레들도 지성체라 다시는 얼씬 못해."

나는 사무실에서 작은 벌레를 태워 죽여 전시하던 이들이 떠올랐다.

SP가 빌려달라고 했던 인류 에너지는 고작 그들의 젊음 따위를 위해서였을까. 손이 떨렸지만, 애써 모른 척하며 지구로 달아나고픈 마음을 꾹 눌렀다. 나는 디지털 현수막에 입력된 공장의 주소를 살펴보았는데 다행히 그리 머지않은 장소였다. 도월이 고개를 끄덕였고, 우리는 다시 움직여야만 했다. 한걸음씩 나아갈 때마다 몸이 뻣뻣이 굳어감에도 멈추질 못했다.

"부회장님. 무서운 생각이 듭니다. 기우라고 말해주세요. 우리가 본 건 전부 할로윈 날짜를 착각한 소품일 뿐이라고."

"기우가 아닐 겁니다."

"혹시 부회장님은 뭔가를 알고 있습니까?"

"우리가 SP에 처음 방문했던 날, 빗물과 토양 자원을 큐브에 채집했었지요. 저는 복귀하자마자 해당 자원을 분석했었습니다."

만약 SP가 우리에게 처음부터 끝까지 단 한 순간도 진실을 말한 적이 없었다면 어떡할까. 지구의 쌍둥이를 자처하는 이 행성은, 껍데기와 달리 지구보다 훨씬 더 똑똑한 종족의 별이었다. SP인에게는 월등한 지식이 있었고 우리는 도움을 받는 입장이었다. 그런데 만약 SP가 처음부터 우리에게 우호적이지 않았더라면? 평행우주의 발견이 지구에 도움이 될 거라는 인류의 믿음이 처음부터 틀린 명제였다면?

"분석 결과는 놀라웠습니다. 배양한 미생물을 실수로 죽게 만들었을 때, 저는 그 미생물이 다섯 번까지 되살아난다는 사실을 확인했습니다. SP의 자연물에는 엄청난 에너지가 있었습니다. 분열과 복제가 아닌, 우리의 과학으로 설명이 어려운 재생성이 었습니다. 그런데 아무래도 수상하여 이 에너지를 데이터화한 다음 자꾸만 팽창하는 에스페소에 적용해보았습니다."

"설마요……."

"그 에너지는 에스페소에게 믿기 어려운 힘을 주었습니다. 마치 지금처럼요. SP인이 무슨 이유에서인진 모르겠으나 에스페소를 고의적으로 키운 것 같습니다."

"이상해요! 그 정도로 우월한 에너지를 갖고 있는 SP에게 지구인의 생명력 따위가 왜 필요합니까?"

"그걸 눈으로 보기위해 저는 이곳에 왔습니다."

도착한 공장의 외관은 호화로웠다. 지구의 투박한 공장과 달리 제조 상품의 인기를 고스란히 드러내는 색색의 그림들이 불쾌할 정도였다. 늦은 시간이라 근로자는 없었지만 차량 한 대가 주차돼있었다. 그 말은, 어딘가에 열린 문이 있다는 의미였다. 수치를 모르는 배덕한 종족을 만나야만 했다.

나와 도월은 공장 안으로 진입 가능한 곳이 있는지 살펴보았다. 1층에 불이 켜진 창이 하나 보였고 근처의 외벽을 더듬어 문으로 보이는 벽을 발견했다. 우리가 아는 형태의 문은 아니었다. 내부로 진입이 가능한 소형 포털이었다. 하지만 바이오체킹으로 개폐가 되는 탓에 열리지 않았다.

도월은 키가 컸기에 불빛이 새어 나오는 창으로 내부를 살폈고, 누군가를 발견한 뒤 금방 허리를 숙였다. 그러고는 주저 없이 바이오센서에 손바닥을 접촉했다.

"저는 이 문을 열 수 있을 겁니다."

"실패하면 무슨 일이 생길지 모르는……."

패턴 일치.

의외로 포털은 단숨에 열렸다. 그와 동일한 패턴을 가진 자가 등록돼있다는 의미였다. 도월은 곧바로 내부로 들어가 빛이 나오는 공간을 찾았다. 생 지구인 보관실. 섬뜩한 글자에 정강이가 단단히 뭉쳐지는 긴장을 느꼈다. 지구인을 생으로 보관한다니, 이게 무슨 말이지. 카니발리즘 영화처럼 산 사람을 잡아먹기라도 하는 걸까. 도축시설에 잘못 들어온 송아지가 된 기분이었다.

내부는 냉동창고처럼 추웠다. 정체를 알기 힘든 거대한 기계 양쪽에 고기처럼 인간의 껍질이 걸려있었다. 등과 가슴이 갈고리로 뚫린 이들의 눈동자는 기묘하게도 움직이고 있었는데, 말하지도 숨 쉬지도 않았다. 그들은 모두 우주복을 입고 있었다.

먼발치에서 발걸음 소리가 들렸다. 나는 비명을 꾹 참고 도월의 등을 두드렸다. 빨리 도망가자는 신호였다. 하지만 도월은 소리가 들리는 곳을 계속하여 주시했다. 보관실 문이 열리고 검은 실루엣의 SP인이 보였다. 어둠 속 얼굴이 또렷해지더니, 우리를 목도한 그 사람은……

"한번쯤은 올 줄 알았지요. 기대보단 늦었지만."

……파르카이였다. 그가 도월에게 다가와 손을 내밀었다. 도월은 악수를 거절했다. 지구인들이 기묘하게 죽어 갈고리에 걸려있는 모습을 배경 삼아 파르카이는 웃어주었다. 끔찍한 친절이었다.

"우리가 묻기 전에 설명해줄 수 있겠죠. 당신네 종족은 구더기만도 못하지만 똑똑하니까."

"모욕적이군요."

도플갱어들이 확연히 다른 감정으로 서로를 응시했다. 도월의 목소리는 차갑고 낮았으나 그 속에 화염처럼 타오르는 분노가 있었다. 나는 뒤늦게 동생과 데이터피안이 했던 경고가 떠올랐다.

파르카이는 우리의 서늘한 얼굴에도 전혀 겁을 먹지 않았다. 그는 오히려 훈계조로 말했다.

"도월, 당신은 이미 우리 행성이 가진 고유한 에너지를 발견했을 겁니다. 우리는 그 에너지를 '앱실론'이라고 부릅니다. 생명체를 최소 다섯 번 살게 하는 엄청난 힘이죠. 폭우 속의 동백나무가 죽지 않고 되살아나는 일이 우리에겐 그저 자연입니다."

"지금 그딴 자원 자랑을 들으려는 게 아닙니다. 당신들은 우리를 속였어요. 제대로 설명해요."

"물론 말해줄 수 있죠. 강자에게 진실을 들키는 일은 두렵지만 약자에게는 진실을 들키는 일 자체가 없습니다. 숨길 가치조차 없으니까요. 당신들이 듣고자 하는 게 무엇이든지 우리는 말할 수 있습니다. 그게 고등 문명의 여유입니다."

"시발, 쓸데없는 서론 생략하고 좀!"

"그래요. 전부 앱실론 때문입니다. SP는 앱실론의 축복을 받았지만 이 행성의 단 하나의 종만 그 축복을 받지 못했습니다. 바로 우리, SP인입니다. 우리의 생명은 다섯 번 살지 않습니다. 당신들처럼 한 번 살고 한 번 죽지요. 자연의 정점에 서기 위해서는 우리에게도 죽지 않고 젊게 살아갈 힘이 필요합니다. 지금은 지구인이 보관돼있지만 이전에는 아마스인이, 그 이전에는 네플라타리안인이 보관됐습니다. 그러니 불공평하다 생각지 마시길."

도월이 참지 못하고 파르카이에게 달려들려 했고, 내가 간신히 그를 막아 저지했다. 아직은 더 설명을 들어야만 했다. 의아하게도 파르카이는 이죽대는 말을 하는 와중에도 활짝 웃지는 않았다.

"고작 한다는 짓이 그 에너지로 블랙홀을 키워서 무고한 행성을 인질로 삼은 겁니까?"

"살기 위해 다른 존재를 희생하는 일은 모든 고등 생명체의 공통점입니다."

"비열한 쓰레기들."

"좋으나 싫으나 당신과 나는 닮았습니다. 우리는 지구의 쌍둥이입니다. 우리가 서로를 알게 되면 둘 중 하나는 파멸할 수밖에요."

"미친 새끼!"

도월이 파르카이의 복부를 발로 걷어찼다. 나는 뭐라도 해야만 했다. 정말로 SP인이 지구인을 속이고 사람을 강탈하여 에너지를 축출하는 게 목적이라면 저지해야 했다. 일단은 갈고리에 걸려있는 사람부터 끌어내리자. 하지만 기계에는 버튼이 너무 많았다. 무엇이 어떤 기능을 담당하는지 알 수 없는 언어로 적혀있었다. 나는 가장 중요한 기능을 하는 것처럼 보이는 중앙의 붉은 원형 버튼을 눌렀고, 이내 돔형 기계의 문이 열렸다. 그 안에는 이미 안광을 상실한 청성과 선우가 널브러져있었다.

도월이 단말마의 비명을 내지르고는 허망하게 주저앉았다. 파르카이는 침묵을 선택했지만 우리는 알고 있다. 침묵은 절대로 이 상황을 부정하진 못한다는 걸. 나도 주저앉고 싶었다. 입술을 세게 깨물고 누워있는 선우의 어깨를 끌어당겼다. 그는 물기를 빼앗긴 생선처럼 힘없이 바닥으로 떨어졌다.

반드시 되돌려 받고 싶었던 사람이었는데.

도월이 흐트러진 청성의 머리칼을 정갈하게 모았다. 그는 청성의 오른손을 잡았다. 당장이라도 일어나 호쾌히 악수를 해줄 것만 같은 그 손은 새하얗고 앙상했다. 죽음과 악수를 하기엔 아직 너무 어린 손이었다. 더 이상 제 턱을 쓰다듬지도, 도월의 어깨를 두드리지도 못했다.

파르카이가 도월의 뒤에서 말했다.

"운명이 야속하지요. 어떤 우주에 태어나도 같은 존재를 바라볼 수밖에 없으니."

"……."

"이 사람이 우리의 별로 와 죽임을 당했을 때, 나도 너무나 괴로웠습니다. 당신의 마음을 나는 압니다. 하지만 나는 모이라이를 배신할 수 없습니다. 당신이 모이라이와 똑같은 얼굴을 한 이 사람을 아끼듯이."

나는 주먹을 꼭 쥐고는 뒤돌아 파르카이의 오른뺨에 내리꽂았다. 그가 파란 피를 흘리며 비틀거렸으나 멈추지 않고 다가가 주먹을 한 번 더, 아니, 두 번 더 내리꽂았다. 분이 풀리지 않았다. 납득할 수 없었다. 왜 이 사람들이 죽어야만 하는지. 아무런 잘못도 저지르지 않은 지구인이 희생돼야만 하는지! 바닥에 떨어져있는 유리 파편을 집어 들었다. 이대로 이 개자식의 목을 찔러 죽인다면 분이 풀릴까. 손바닥에서 피가 나는지도 모르고 세게 파편을 쥐었다. 있는 힘껏 치켜들었다.

이번엔 도월이 나의 팔을 붙잡아 저지했다. 나는 짐승처럼 포효했다. 두 다리로 허공에 발길질을 하며 기억하지도 못할 말을 뱉어냈다. 선우는 내게 정말로 소중한 사람이었다.

파르카이가 입가에 묻은 피를 훔치며 말했다.

"우리가 적합한 에너지를 선별하기 위해 무작위로 인류를 축출했던 날, 표본만 만들고 일단은 전부 되돌려 보낼 생각이었습니다. 하지만 갑자기 찾아온 청성의 반발에 모이라이는 화가 많이 났습니다. 그는 우리 공장을 보고 분노하여 날뛰었고, 모이라이는 지구인이 화를 내는 모습 자체에 더 큰 분노를 느꼈습니다. 당신들 역시 실험체가 저항하고 날뛸수록 더욱 단단하게 결박하지 않습니까? 우리를 교묘하고 악질적으로 만든 건, 복종하지 않은 지구인입니다. 정말로 어쩔 수가 없었습니다."

파르카이는 감히 울고 있었다.

"그가 죽을 때 이런 말을 남겼습니다. 그래도 형제의 얼굴을 한 제 손에 죽어 다행이라고."

나와 도월. 누구도 울지 않는데 감히 쓰레기 같은 SP인 따위가 눈물을 흘렸다. 모이라이는 우리를 속이기 위해 청성을 미리 죽였고 자신이 청성인 척을 해왔다. 그리고 유토피안에서 피어날 의구심을 미리 차단하기 위해 조력자를 한 명 더 심어두었다. 그게 선우였다. 왜 하필이면 그여야만 하는가, 나는 따져 물으려다 멈췄다.

강자는 약자에게 미안해하지 않고, 필요하다면 별다른 이유 없이도 희생을 만들었다. 왜 그 대상이 선우여야 하는지는 답을 들을 수가 없는 일이었다. 애초에 답이 없으니까.

도월이 파르카이의 코앞까지 다가가 말했다.

"이제 우리 둘도 이 기계에 들어가 에너지를 뺏기고 죽으면 되는 건가요? 네놈들이 가진 우수한 지식은 고작 착취를 위해 쓰이는군요. 이 별에서 썩은 내가 진동할 겁니다."

파르카이의 뺨에 흐르던 눈물이 빠른 속도로 말라갔다.

"우리 별은 다른 별에게 무엇도 양보하지 않습니다. 살고 싶다면 우리에게서 달아나십시오."

"에스페소는 그 빌어먹을 앱실론인가 하는 에너지 때문에 지금도 팽창하고 있는데 어떻게 도망가란 거야!"

"당신의 세계를 직접 끝내세요. 구원과 파멸을 타자가 선택하게 하지 마세요."

도월이 파르카이의 어깨를 밀치고 문을 향해 나아갔다. 파르카이는 공장을 떠나려는 우리를 막지 않았다. 나는 뒤돌아보지 않는 도월을 대신하여 그에게 물었다.

"우리 둘을 살려 보내는 겁니까?"

"모이라이는 당신들이 진실을 봤단 것을 압니다. 지구에 당신들을 보내도 어차피 당신들은 죽을 것입니다. 당신들이 선택하는 세계는 새로운 세계여야 할 것인데 그럴 능력이 없으니 이미 끝이 난 셈이지요."

"그럼 우리에게 진실을 알려준 이유는 무엇이지요? 알량한 동정인가요?"

그와 마주하는 마지막 순간이었다. 이대로 떠난 뒤 우리는 두 번 다시 SP로 오지 않을 것이다. 그 어떤 평행우주에도 도움을 구하지 않을 것이다. 지구는 지구만의 방식으로 살아가야만 한다.

실컷 우리를 농락했다는 사실을 아는지 모르는지 파르카이는 강자의 위치를 자랑스러워하지 않았다. 그의 태도가 위선적인지 진실한지 좀처럼 감을 잡기 어려웠다. 그는 하필이면 속내를 잘 드러내지 않는 도월과 평행하는 존재이기에. 창백하고 말쑥한 얼굴이 복잡하기만 했다.

"거울을 깨는 일이 나의 일부를 잃는 일임을 알기 때문입니다."

더 대꾸하지 않고 도월을 따라 걸었다. 하늘에선 물줄기가 쏟아졌다. 이내 SP에 처음 왔던 날처럼 거센 폭우가 내렸다. 이 비까지도 파르카이가 미리 선택해둔 날씨일까. 우리는 속절없이 빗물에 푹 젖어버렸다. 죽어도 다섯 번 되살아난다는 빗물은 마르지 않았다.

그나마 다행인 것은, 적어도 여기에 올 때만큼은 SP가 열어준 포털이 아니라 우리가 만든 초월선을 탔다는 점이다. 우리는 지구로 되돌아가기 위해 초월선이 있는 곳까지 멈추지 않고 걸었다. 공장이 보이지 않을 만큼 떠나오고 나서야 도월은 흐느꼈다.

물을 머금은 별이 수만 번 추락했다.

내 안에서 뿜어져 나오는 숨이 대기보다 차가웠다. 심장이 통째로 냉동고에 있는 것 같았다. 지금 뛰고 있는 게 맞나, 소중한 걸 잃어버렸는데도 눈치 없이 숨을 쉬고 있는 게 맞나. 내가 요 며칠 보았던 선우는 정말로 내 마음에 살았던 선우가 아니었다. 껍데기가 아무리 같다 해도 영혼까지 같지는 못했다.

사랑하는 얼굴을 증오하는 일이 참 어렵네. 어떻게 이럴 수가 있지. 똑같은 얼굴을 한 존재를 태연히 흉내 내느냔 말이야. 뺨 위로 빗물이 쏟아지니 서로의 눈물이 보이지 않았다. 우리의 마음은 폭우 속에 안전히 숨겨졌다. 균일한 빗소리 너머로 같은 절망을 공유했다. 하필 오늘 도월을 따라 내가 이곳에 온 건, 어쩌면 운명일지도 몰랐다. 혹은 교활한 신이 같은 불행을 나눠 가지라고 장난을 쳤거나.

심장을 빼앗긴 채 지구로 돌아갈 시간이었다. 초월선은 이동을 시작했고, 순식간에 잔혹한 행성으로부터 줄행랑을 쳤다. 비상용 팩에 포함된 체온 유지용 천으로 몸을 닦았다. 머리칼에선 동백꽃 향이 살짝 섞인 물기가 하염없이 나왔다. 쥐어짤 때마다 손에 힘이 들어갔다.

차라리 처음부터 행성 이주를 욕심내지 않았더라면 아무 일도 없었을까. 과거, 생명체를 희생하면서까지 연구를 감행했을 때 맹렬히 반대했던 누군가의 외침들. 지구의 미래를 위해서 지불했던 희생은 돌고 돌아 우리에게 영수증을 남겼다. 우리는 기록적인 발전과 장엄한 역사를 만들면서도 꾸준히 빚을 지고 있던 거다. 그 빛나는 진보에 현혹돼 절대 잃어선 안 되는 것들을.

시간은 뒤로 가지 않고 상실한 생명은 되돌리지 못했다. 그러므로 선택은 절대 번복되지 않았다.

"부회장님은 회장님이 바뀌었단 걸 눈치채고 계셨나요?"

도월이 셔츠를 벗어 몸을 닦기에 그를 등진 상태로 말을 건넸다. 눈앞에는 초월선 창문 크기만큼의 우주가 보였다. 드문드문 정체불명의 빛줄기가 엿가락처럼 늘어져 보이곤 했다. 멈춰있는 듯 보였지만 가늠할 수 없는 속도로 차원을 이동하는 중이었다.

"네. 회장님이 복귀한 날부터요."

"어떻게요?"

"회장님의 모든 습관은 오른손으로만 나타나니까요."

젖은 천이 몸을 훑는 소리가 끝났다. 그는 셔츠를 다시 입어 단추를 채웠다. 그림자로 확인한 움직임이 끝났을 때 나 역시 고개를 돌렸다. 많은 것을 묻고 싶었기에 아무것도 묻지 못했다. 내가 할 수 있는 일은 나의 의문보다 상대의 슬픔에 무게 추를 놓는 일이었다.

도월은 나의 인내를 이해한 듯, 먹먹한 목소리로 입을 열었다.

"꼭 돌려받고 싶었습니다."

나는 수건을 펼쳐 얼굴을 파묻었다. 아무런 표정도 보여줄 수가 없었다. 그는 무겁게 숨을 들이마시고 내쉬며 평정을 되찾으려 했다. 하지만 입술 틈 사이로 빠져나오는 서러움은 숨겨지지 않았다.

"죽은 아버지의 데이터 따위를 지우지 못하고, 홀로 딱딱한 편견 속에 평생을 갇혀 살면서도 고작 가족을 원한다던 불쌍한 사람을 되돌려 받고 싶었단 말입니다. 결코 증명하지 못할 미래를 위해 그 사람은 과거와 현재를 희생했습니다. 그가 원하던 미래는, 그토록 이기적이고 어리석은 그림이었습니다."

경비견에게도 요동치는 심장이 있었다. 그는 청성의 그늘에 가린 2인자가 아닌, 빛의 곁을 치열히 지킨 그림자였다. 이제 빛을 상실해버린 그림자는 갈 곳을 잃었다.

"내가 그를 처음 봤을 때. 그는 이렇게 말했습니다. 그냥, 형제처럼 지내자고요. 그의 아버지는 날 아들로 보지 않았지만 그는 나를 형으로 여겼습니다. 유독 가혹했던 세계에서 그는 강해져야만 했지만, 적어도 내 앞에선 약한 인간이었습니다."

세간에는 청성의 회장 승계를 마음에 들어 하지 않는 자들이 많았다. 그들은 청성을 욕보이기 위해 그의 곁에 있는 도월을 함께 묶어 비난하거나, 그가 반역을 일으키길 바라며 자극적인 불씨를 양산했다. 그럼에도 도월은 청성의 뜻을 따를 뿐, 달리 움직이지 않았다.

둘의 세계에서 둘은 서로를 신뢰했다. 파르카이는 도월을 자신의 거울로 여겼으나 도월의 거울에 비친 자는 파르카이가 아니라 청성이었을지도 모른다. 완벽한 서열로 정리된 관계. 명백한 수직의 세계. 청성과 도월은 선명히 구분돼있었으나 그 선을 뛰어넘는 건 공통의 외로움. 그러니 반물질을 상실한 물질의 세계에는 그리움이 남았다.

"아직 끝난 게 아닙니다."

도월이 겉옷 안주머니에서 스페이스큐브 하나를 건네주었다. 4차원의 방대한 데이터를 압축하여 보관하는 도구인데, 하얀 라벨에 다섯 개의 알파벳이 적혀있었다.

"리빙쉘 해킹은 SP가 한 일이 아니었습니다."

"이건…….”

"내가 쓸 줄 아는 건 머리뿐입니다. 오래 전 선대 회장이 설계했던 행성 이주가 실패할 걸 직감한 순간부터 정말 부정하고 싶었지만, 내 머리는 이런 순간이 올 걸 알고 있었는지도 모릅니다. 하지만 리빙쉘 데이터를 모두 업로드하기 위해서는 아직 유토피안이 필요합니다."

d, a, t, a, x.

차례대로 나열된 글자였다. 지금 내 손에 올려진 건 유토피안의 긍지가 아니었다. 우리가 그토록 업신여겨온 패자들의 세계였다. 머릿속에 남아있던 공백이 빠르게 채워졌다. 청성과 달리도월이 행성 이주 프로젝트에 흐릿한 반기를 표현했던 것, 실패했을 때도 분노하지 않았던 것, 평행우주로 떠나기 직전 나의 업무가 무의미할 거란 말, 모든 일 사이에 사슬이 생겨났다.

"이건 카피본이고, 우리는 이제 동지입니다."

"하지만 제가 어떻게…….”

도월이 차마 힘주어 쥐지 못하는 내 손을 감싸 스페이스큐브를 꼭 쥐어줬다. 그의 체온이 나보다 조금 더 뜨겁게 느껴졌다.

"이 큐브에는 뉴네시스 시스템이 모두 담겨있습니다. 리빙쉘 데이터만 전송을 끝마치면 이 스페이스큐브가 자체적으로 내장된 프로그램을 가동할 겁니다. 저는 이 기기 안에 모이라이가 따라오지 못할 우리의 대안 현실을 숨겨놓을 겁니다. 그곳에서 인류는 영원히 살아남게 될 거고요. 우리 쪽 사람들이 애를 써주겠지만, 만약 실패한다면 하리 씨가 이 카피본으로 반드시 구현해주길 바랍니다. 수집한 앱실론 에너지를 스페이스큐브 메인 장치에 투입해놓았으니 절대 파손되지 않을 겁니다."

뉴네시스를 주장하면서도 절대 유토피안에 치명타를 주지 않았던 데이터피안의 품격은, 결국 청성의 바람을 제멋대로 짓밟을 수가 없었던 도월의 마음이었다.

"정말로 물리적 환경은 전부 포기하는 건가요?"

창밖으로 지구의 풍경이 보이기 시작했다. 초월선 내부 등에 접근 진행이라는 신호가 떴다. 우리는 빠른 속도로 차가운 겨울을 향해 복귀했고, 서울의 하늘에는 어슴푸레한 동이 트고 있었다. 힘을 잃은 태양빛이 아침을 밝히는 속도보다 더 빠르게 초월선이 제자리를 향해 달려갔다.

"포기가 아니라 선택입니다. 소중한 걸 지키는 선택은 여지없이 최선이고요."

내부에 온통 빨간 불빛이 들어찼다. 속력을 조절하는 센서가 작동하며 착륙 임박을 알렸다. 거칠게 흔들리는 내부에서도 나를 바라보는 도월의 눈빛은 흔들리지 않았다. 그의 눈가도 새빨갛게 물들었다.

"하리 씨도 이제 데이터피안원입니다. 이건 연차 승인의 대가입니다."

초월선 내부에 부착된 레버를 힘껏 당겨 문을 열었다. 계획대로 우리는 새벽이 끝나기 전에 무사히, 그러나 절망적으로 귀환을 완료했다.

이동실에는 친히 마중을 나온 불청객이 있었다.

"어떻게 된 일이죠?"

청성의 얼굴을 한 작자가 왼손으로 턱을 만지작거리며 다가왔다. 도월이 내 앞으로 팔을 뻗어 뒤로 물러나라는 제스처를 취했다. 찰나의 순간, 스페이스큐브를 재빨리 주머니에 넣어 숨겼다. 그 모습을 확인한 도월이 태연한 얼굴로 청성에게 목례를 했다.

"초월선에 결함이 발견돼 야간근무 중인 직원과 보수 후 테스트를 진행했습니다."

"얼마나 힘든 보수였기에 머리칼이 흠뻑 젖어있나요?"

도월은 아무런 답을 하지 않았다. 나 역시도 마찬가지였다. 나는 두려움을 감추기 위해 손을 모아 눈을 감았다. 앞에 있는 존재가 우리가 알던 청성이 아님을 1초마다 상기했다.

그가 숨을 크게 들이쉬었다. 우리에게선 아직 동백꽃 향기가 났다.

"폭우가 쏟아지는 날에는 실내에 있어야 된다고 했잖아요."

우리는 그대로 청성을 스쳐 지나가고자 했다. 청성은 자신을 외면하려는 도월의 어깨를 거칠게 잡아끌었다. 둘은 대치상태로 얼굴을 마주했으나 딱딱한 표정에는 감정이 없었다. 원수만도 못한 존재를 향한 불쾌함이 전부였다.

"비를 맞는다는 건 위험을 자처한다는 뜻이겠지요."

"무슨 말씀이신지."

"우월한 존재를 위해 힘을 빌려주는 게 그렇게나 고깝던가요?"

"회장님."

"뭔가요."

"품격을 잃지 마시길 바랍니다. 제가 늘 알던 당신처럼요."

도월이 청성, 아니 모이라이의 손을 힘껏 뿌리쳤다. 그와 함께 재빨리 이동실 문으로 향했다. 어떻게든 우리는 우리의 세계로 돌아가 하루를 시작해야 했다. 모이라이는 이제 연기조차 하지 않았다.

"천천히 갉아먹을 생각이었는데 그럴 필요가 없겠군요. 당신들은 이미 죽어있습니다."

그를 바라보지 않음에도 등을 돌린 공간은 서슬 퍼런 어둠으로 물들었다. 모이라이가 앞으로 어떻게 움직일지는 모르겠으나 시간이 없다는 점은 짐작할 수 있었다. 모두가 예상하지 못한 형태로 닥쳐올 종말을 알아버린 심경이 결코 편하지 않았다. 나는 이런 일을 해낼 만큼 강인한 사람도 아니었다. 하지만 선택지는 없었다. 주머니에 손을 넣어 스페이스큐브의 촉감을 확인했다. 단단한 사각형 속에 모든 미래가 담겨있었다.

문을 나서기 전 도월이 잠시 멈춰 섰다. 그는 자신이 얼마 전까지만 해도 가장 사랑했던 얼굴을 향해 기꺼이 적의를 뱉었다.

"껍데기를 빼앗길지언정 영혼은 주지 않습니다."

$$\otimes$$

책 페이지는 어느새 3분의 1도 남지 않았다. 귀에 알 수 없는 무언가가 썰 듯 공간의 소리가 선명히 들리지가 않았다. 대신에 환청이 들려왔다. 어디선가 잔뜩 번진 소리가 웅웅거렸다. 무엇을 말하는지, 누구의 음성인지 알지 못했다. 무기력하게 책을 덮고 몸에 힘을 쭉 뺀 채 늘어졌다.

소파에 몸을 묻었다. 창밖 풍경은 변한 게 없었다. 해와 달이 모두 떠있고, 익히 알고 있던 세계와 달랐다.

책을 더 읽기가 겁이 났다. 어쩌면 이 모든 비극이 허구는 아닐까, 누군가의 망상이거나……. 되뇌어 봐도 점점 더 요란해지는 속을 잠재우지 못했다. 불안함이 나비가 돼 머리 꼭대기까지 날아올랐다.

도대체 내가 되찾지 못한 것은 무엇이란 말인가……. 고뇌하는 사이에, 책장에 못 보던 물건이 하나 더 생성됐다. 영상 장치였다. 기다릴 틈 없이 화면이 재생됐다. 일순간 지구와 SP, 모이라이와 청성, 파르카이와 도월, 그리고 선우의 이미지가 재빠르게 지나갔다. 압축된 시간을 한꺼번에 폭발시키듯이 내 머리에 있는 방대한 시각 자료들이 영상 속에서 쏟아져 나왔다. 죽음 직전에나 보는 주마등이었다.

"못 봐."

"봐."

화면 너머로 울고 있는 예리의 얼굴이 보였다. 그녀의 앞에 서 있는 나는 주먹을 쥐고 아무런 말을 하지 않았는데 기록의 세계에서도 비가 내렸다. 이건 분명, 우리의 마지막 여행 날이었다.

마음을 추스르기 위해 부엌으로 가 차가운 녹차 한 컵을 마셨다. 후, 숨을 쉴 때마다 씁쓸한 향이 느껴졌다. 창밖에서 보랏빛 하늘이 그리운 바람을 잔뜩 가져왔다. 집 안으로 들이닥친 선물 같은 바람은 소나무 분재 잎을 조금 떨어트렸고 멋대로 책장을 넘겼다.

'포기가 아니라 선택입니다.'

판도라가 상자를 연 이유는 호기심 때문이 아니었다. 그녀는 보여주고 싶었을 거다. 열어선 안 된다는 두려움이 존재하더라도 모든 운명을 결정짓는 건 바로 자기 자신이라는 것을. 나의 두 눈이 지난 일 속으로 깊게 잠수했다.

5

'무기한 휴가를 즐기며 얌전히 기다릴 것.'

청성은 일방적으로 유토피안을 폐쇄했다. 그는 SP에서 신규 매뉴얼을 보내주기 전까지 소수의 정비사와 포털 및 각종 설비를 손보겠다는 이유로 모든 근로자에게 재택근무를 강제했다.

자택으로의 추방! 직장인이라면 누구나 바랐던 낭만일 텐데 실제로 닥쳐오니 기쁘지가 않았다. 말이 재택근무지 인트라넷 네트워킹이 모두 차단돼 사내 서버에 접속 자체가 불가했다. 에스페소는 계속해서 힘을 과시했고, 행성 이주 프로젝트는 전면 중단됐다. 몇몇 직원들은 극도의 불안을 호소했다. 전부 개죽음을 맞이할 거라며. 혹은 평생 직장을 잃고 싶지 않다며.

하지만 될 대로 되라는 식으로 무기한 휴가를 즐기는 이들도 있었다. 청성의 통보 이후 부장은 더 이상 우리에게 연락하지 않았다. 그는 개인 메신저 연락에도 답장하지 않았으며 프로필 상태 메시지는 '다 좆까!'로 바뀌어있었다.

나는 팀원들에게 모든 게 SP의 계략이고, 청성은 사실 모이라이고, 우리는 가장 두려운 결말을 코앞에 두고 있단 말을 하지 못했다. 선우는 나의 침묵이 가소로운 듯 직원들에게 안심하라는 안부 메시지를 수차례 전송했다. 회장님의 뜻에 따르면 곧 행성 이주 프로젝트를 재개할 수 있을 것이며 다 성공할 거라고.

답장하지 않았다. 도월을 돕고 싶으면서도 한편으로는 그냥 이 상황에서 달아나고 싶었다. 어차피 다 죽을 거라면 나도 모르쇠로 일관하면 되지 않을까. 모이라이는 이제 우리를 통째로 훔쳐갈 거다. 그들의 눈부신 과학이 우리의 삶을 자유자재로 착취하리라.

대안 현실? 잘 모르겠다. 이대로 다 끝나는 게 운명이라면, 그냥 끝내버리는 것이 괜찮을지도 모른다는 생각이 들었다. 굳이 인류가 살아남아봤자 무엇이 좋겠어. 난 세계를 구할 영웅이 아니야, 난 뭣도 아니야, 나 같은 건 단지……

두려움이 느껴질 때마다 오른뺨에 돋아난 모반을 어루만졌다. 위대한 유토피안의 직원이 아니라면 나는 존재할 의미가 없었다. 공부를 잘하는 나. 좋은 대학을 나온 나. 연봉이 높은 직장에서 일하는 나. 그런 내가 아닌 나는 흉측한 얼굴을 한 나이고, 직원들에게 모욕을 당하는 나이고, 아버지에게 버림받은 나였다. 그런 나는 살아갈 가치가 없었다.

마음을 찌르는 자학을 뒤로한 채로 캐리어에 짐을 쑤셔박았다.

"클렌징폼은 같이 써. 언니 대용량 샀잖아."

"각자 써."

예리에게 퉁명스럽게 답을 뱉고는 내 몫만을 챙겼다. 숙소를 결제한 날부터 조금씩 준비를 해뒀던 터라 더 챙길 것은 많지 않았다.

엄마는 조수석에서 한 번도 본 적 없는 표정으로 광대를 씰룩거렸다. 설렘으로 부푼 양 볼이란, 고단한 인생에서 겨우 드러난 기쁨이었다. 완전한 행복으로 가득 찬 두 눈에는 젊은 시절에나 있었을 법한 안광이 가득했다.

엄마, 사실 지구가 많이 위험해, 지금 여행 갈 때가 아니야. 역시 말할 수 있을 리가 없었다. 저리도 환히 웃는 사람에게 발밑이 벼랑 끝이라 말하는 건 잔인한 짓이었다. 차에 탑승하기 위해 내 앞에서 걸어가는 동생 역시 아닌 척 휴대폰에 집중했지만 오늘따라 마음이 편해 보였다.

뭔가를 안다는 건 정말 위험한 일이구나. 다름이 아니고 내

마음이 위험했다. 낭떠러지에서 앞만 바라봐야 하는 심정이 착
잡했다. 오늘의 여행이 이곳 지구에서 허락된, 우리의 처음이자
마지막 생일 파티란 사실을 혼자만 아는 게 괴로웠다.

다행히 도월의 연락 덕에 착잡한 마음은 금방 흐트러졌다.

"승인받은 연차는 잘 사용하고 있나요."

"네. 어차피 이렇게 될 거, 연차 기안을 올릴 필요도 없었지
만……."

"모두가 바라던 장기 휴가인데 좀 더 기뻐하시는 게 어떤가요."

도월의 농담에 나는 억지로 바람이 빠지는 웃음을 들려주었
다. 헛헛한 마음이 휴대폰을 초월하여 교환됐다.

"오늘 중앙센터의 양자컴퓨터를 이용해 리빙셀 데이터를 뉴
네시스에 모두 업로드할 겁니다. 데이터피안원들이 원격으로
도와주고 있어요. 그다음에 스페이스큐브를 영구 보존 할 수 있
는 안전한 환경을 모색할 겁니다."

"오늘이요?"

"네."

"왜 이제야 말해요! 저라도 도우러 갈게요."

"모이라이에게 들키면 어떻게 될지 모릅니다. 둘이서 하는 것
보다야 한 명이서 하는 게 티가 덜 날겁니다."

"도와달라고 하셨잖아요."

"왠지 제 힘으로 이 세계를 완성해야 할 것 같은 사명감이 듭니다. 행성 이주라는 잘못된 프로젝트를 막지 못한 건 저니까요. 만약 제가 잘못되면 하리 씨가 뒤의 일을 부탁합니다."

"저는 뉴네시스에 대해 아무것도 몰라요. 할 수 없어요."

"당신 곁에 저희 연맹원이 있습니다. 부디 세계가 사라지기 전에, 그녀와 마지막 여행을 안전히 누릴 수 있길 바랍니다."

전화는 인사 없이 끊어졌다. 차에 탑승한 엄마와 예리가 나를 향해 빠른 출발을 독촉했다. 다시 전화를 걸어봤지만 도월은 받지 않았다. 이것이 우리의 마지막 연락일 수도 있는데. 그가 진실을 공유하는 자에게만 보여주는 마지막 배려일지도.

뒷좌석에 앉은 예리는 나를 쳐다보다 이내 고개를 돌렸다. 나는 이럴 때가 아닌 걸 알면서도 갑갑한 마음으로 운전대를 잡았다.

자매는 말이 없었다. 백미러를 통해 그녀를 노려보았지만 응수하는 눈빛만 몇 차례 교환할 뿐 대화는 오가지 않았다.

취업을 했다는 곳이 데이터피안이었어?

할 말이 없었다. 동시에 할 말이 무척 많기도 했다. 무슨 말부터 꺼내야 할지 짐작조차 할 수 없어 핸들만 돌렸다. 상황을 모르는 엄마는 눈치 없이 카메라를 꺼내 들었다. 그녀는 여행을 가는 것보다 온 가족이 조그마한 차량에 복닥복닥 모인 이 순간을 더 즐거워했다.

"예리야, 여기 보고 언니한테 고맙다고 해봐. 자, 어서."

"아, 뭐야. 찍지 마, 엄마."

"왜. 뭐 어때."

티가 나게 휴대폰을 들이대자 예리가 황당하다는 듯 렌즈를 노려보며 거부했다. 날카로운 목소리와 달리 평소보다 손짓이 가벼웠다. 컴퓨터 앞에 늘 굽어있던 등이 아닌, 눈과 코 그리고 입이 모두 보이게 앉아있는 건 낯설지만 밉지 않았다. 엄마가 짓궂은 장난을 엄지손가락에 담아 사진을 몇 장 찍었다. 찰칵 소리가 날 때마다 예리는 장난 반 진심 반으로 인상을 찌푸렸다.

"언니 덕에 여행 가잖아. 너 취업 축하도 하고 둘 생일 축하도 할 겸. 좋은 날인데 활짝 웃어 오늘 날씨만 좋았다면 100점짜리 여행인데 저녁에 비 소식이 있다더라."

"무슨 상관이야. 어차피 머지않아 다 죽을 건데."

"에이, 유토피안에서 행성 이주 추진하고 있잖아. 다 잘 될 거야."

"행성 이주 그거 다 말도 안 되는 거짓말……."

얼굴을 구긴 채로 성급히 진실을 뱉으려는 예리의 시선을 룸미러로 훔쳤다. 이 지구가 오늘 당장 끝나버린다 해도, 엄마에게 모든 걸 털어놓고 함께 절망하고 싶지 않았다. 세 사람 중 단한 사람이라도 웃으며 여행을 마칠 수 있다면 그리 하는 게 맞았다. 나의 마음을 읽은 예리는 입을 다물고 분한 얼굴로 고개를 돌렸다. 거뭇거뭇한 왼쪽 뺨이 보였다. 오랜만에 보는 그녀가 가진 내 모습이었다.

그 후로 몇 시간을 내리 운전했다. 엄마는 친구들에게 전화를 걸어 딸들과 여행을 간다며 온갖 호들갑을 떤 후에야 지쳐 잠들었다. 아이처럼 들뜬 엄마에게도 공평하게 찾아올 종말이 잔인했다. 도월이 말한 뉴네시스에 리빙쉘 데이터를 업로드하여 모두 가상인간으로 태어날 수 있을지, 모이라이의 손에 처참히 실패할지, 아무것도 확언할 수 없었다. 어쩌면 영혼까지 모조리 다 강탈당한 채 소멸할지도 몰랐다. 기록과 기억을 상실한 채로.

운전을 하면서 콧물을 닦는 일은 쉽지 않았다. 훌쩍이는 소리에 엄마가 깰까 봐 조심하려 했지만 자꾸만 콧물이 흘렀다. 그나마 다행이었다. 코를 닦는 척 눈도 함께 닦을 수 있으니까. 예리는 그런 나를 힐끗 보고는, 다시 고개를 돌렸다.

펜션에 도착하자 어느덧 저녁이었다. 하룻밤을 자고 난 뒤 본격적인 관광은 내일부터 시작할 예정이었다. 마음이 편하지 않은데도 여차저차 목적지까지는 왔네. 억지로라도 즐거운 척을 해야겠다고 다짐했다. 아무것도 모르고 하루를 살아가는 사람들처럼 나도 종말이니, 끝이니 하는 사실 따위는 신경 쓰지 말아야지. 과연 그럴 수 있을까……. 잘 모르겠다.

엄마는 미리 장을 봐온 식자재를 베란다 바비큐 데크로 옮겼다. 그러나 얼마 지나지 않아 하늘은 우리를 괴롭힐 작정을 한 건지 타이밍 나쁘게 빗방울을 한두 방울씩 뿌렸다.

"하필이면!"

"뭐야. 비 와?"

"고기 굽기 전에 내리면 어떡해. 재수도 없지."

엄마가 펼쳐놓았던 식자재를 주섬주섬 정리했다. 눈에 띄게 시무룩해진 기색이었다.

"엄마, 비켜봐. 여기 차양막 치면 돼."

"혼자 할 수 있겠어?"

"엄만 들어가서 쉬고 예리 좀 불러줘."

"알았어."

나는 비를 막기 위해 벽면의 레버를 돌려 차양막을 펼치려 했다. 레버가 좌우로 하나씩 달린 탓에 두 명이서 함께 돌려야 구김 없이 깔끔하게 펼칠 수 있었다. 실내에서 엄마와 예리가 아웅다웅하는 소리가 들렸다. 빠릿빠릿하게 나와주면 좋겠지만 기어코 실랑이를 한판 하고야 나오려나 보다. 여행 온다고 기분이 괜찮은 줄 알았는데 밉상은 여전하구나. 좀 맞춰주면 안 되

나. 그게 그렇게 어렵나. 느릿한 속도로 걸어오는 예리를 보며 복잡한 증오를 느꼈다.

동생이 내 뒤에 숨어 살던 시절을 떠올렸다. 나보다 키가 작고, 마음이 여린 동생을 위해 나는 그녀에게 몹쓸 짓을 하던 녀석들의 머리통에 열심히 꿀밤을 쥐어박고 다녔다. 깡패 여자애라는 별명이 생겨도 신경 쓰지 않았다. 내가 네 왼쪽에, 네가 내 오른쪽에 뺨을 맞대면 우리를 괴롭히는 건 다 감춰졌으니까. 나는 네가 불쌍하기도, 또 밉기도 했다. 둘 중에 한 명이 모든 걸 다 가졌다면 한 명은 편했을 텐데, 쌍둥이 중 적어도 한 명이라도 행복하게 살았다면 좋았겠지. 가끔은 언니라는 이유만으로 너의 몫까지 세상과 싸워야 한다는 게 싫기도 했다. 억울했거든. 나도 보호받고 싶었으니까.

자매의 관계는 단순하지 않았다. 그래도 우리는 하나였다. 네가 다치면 나도 다치면서 살았다. 시간이 우리를 이간질했다고밖에 볼 수 없었다. 너는 내 마음을 모른 채로 나날이 자랐다. 대화가 단절되고, 함께 웃지 않고, 얼굴을 마주보지도 않았다. 어른이라는 계단을 걸으며 뒤를 돌아봤을 때 너는 너무나도 먼 바닥에서 여전히 울고 있었다. 나는 그런 너를 답답해하며 소리를 쳤다. 욕도 했던 것 같네. 열심히 이를 갈며 살면 비록 뒤에선 무시당해도 앞에선 당당해지는데 왜 너는 그렇게 살지 않는지. 자꾸만 내가 모르는 세계로 숨으려는 너에게 화가 났다. 더 이상 지켜주고 싶지도 않았다. 엄마 몰래 두 손을 모으고 쌍둥이란 사실을 취소시켜달라고 빌었던 적도 있어. 왜 그랬을까, 왜 나는 너를 미워하게 된 걸까. 네가 나약해서? 한심해서?

잘 모르겠다. 결국 우리는 하나의 우주가 아닌 두 개의 우주에 사는 사람이고, 갈라지는 서로의 삶을 납득할 수 없었던 걸지도. 나는 그게 무서웠다.

"레버 잡고 동시에 돌리자. 오늘 저녁 내내 비 온대."

"그럼 바비큐를 안 하면 되잖아. 안에서 먹어."

"엄마가 이거 얼마나 기다렸는지 알잖아. 비 보면서 먹는 것도 운치 있고 좋아."

"엄마한테 내가 말할게. 그냥 안에서 먹는 걸로 해."

"차양 치고 여기서 먹으며 비 안 튀어. 비싼 돈 주고 왔잖아."

"바람 맞으면서 밥 먹으면 엄마 체할까 봐 그래. 위장 안 좋으셔."

"네가 언제부터 엄마를 그렇게 신경 썼어? 게다가 넌 어차피 우린 전부 뒤질 거라고 생각하잖아."

"뭐?"

"내 말이 틀려? 됐으니까 레버나 돌려. 더 토 달지 마."

"혼자 돌려. 오른쪽도 왼쪽도 전부 언니가 해."

"시발, 그냥 내 말 좀 따라주면 안 돼?"

나는 베란다의 의자를 신경질적으로 차버렸다. 분이 풀리지 않았다. 예리는 그런 나를 노려보았고 빗방울은 점점 더 굵어졌다.

"넌 시발! 어떻게 매번 내 말은 한 번도 따라주지 않아? 너 말이야, 취업했다는 곳도 데이터피안이지? 다 알아. 거기 회장이 누군지도 이제 알고!"

"그래서 뭐."

"그래서 뭐? 네가 아는 세계는 이제 나도 다 아니까 제발 뻗대지 말라고. 짜증 나게."

"언니가 대체 뭘 아는데?"

참을 수가 없었다. 그녀와 함께 했던 모든 순간이 경주마 같은 구름을 타고 쏜살같이 하늘 위로 펼쳐졌다. 세찬 바람이 불어왔다. 하나였던 시간이 일순간 낙마하여 속절없이 땅으로 추락했다. 빗물이 우리의 머리를 담뿍 적셨다. 나는 너의 얇은 셔츠 깃을 쥐었다. 도월이 파르카이에게 그러했듯, 너라는 반물질을 향해 형언하기 어려운 증오를 바짝 밀어붙였다.

"구예리. 넌 왜 항상 이딴 식으로 굴어? 좆같게."

"놓고 말해."

"못 놔."

"봐."

"어차피 뒤질 거면 그냥 내 손에 뒈져버려. 난 너 꼴도 보기 싫으니까."

우리는 서로를 죽일 듯이 노려보았다. 정말로 마음만 먹으면 서로를 죽일 수 있을지도 모른다. 네가 너무 미우니까, 너도 나를 미워하니까. 빗물이 정수리에서부터 이마를 타고 콧대, 인중, 턱 끝까지 흘렀다. 서로의 속눈썹 끝에 매달린 것이 빗물인지 다른 것인지 알 수 없었다.

"그냥 날 좀 놔둬. 있는 그대로 이해해달란 말이야."

"내가 널 언제 이해 안 했는데! 개 같은 소리 좀 하지 마. 난 매번 널 이해하려고 노력했어. 최소한 노력은 했다고! 근데 너는 왜 그렇게 숨어만 사는데? 왜 잘 살지 못하는 건데? 우리 둘 다 이딴 꼴로 태어났어도 잘 살 수 있었잖아. 왜 너는 그럴 수가 없는 거냐고! 난 항상 네가 신경 쓰였어. 늘 친구 없이 컴퓨터만 붙잡고 사는 네가 너무 신경 쓰이고, 걱정이 돼서 미칠 것 같았다고. 좋은 대학에 가도, 좋은 직장을 가져도 한순간도 편하지가 않았어. 널 생각하면 늘 당당해질 수가 없었어. 난 정말로 너를 많이 걱정했다고……. 네가 뭘 알아……. 이 싸가지 없는 년아……."

예리의 손이 자신의 셔츠 깃을 움켜쥔 나의 손위에 포개졌다.

차가운 빗방울이 닿을 때마다 그녀의 체온이 더욱 선명하게 느껴졌다. 비바람이 계속해서 불어 닥쳤고 우리는 폭우 속에 무방비로 노출됐다. 그 누구에게도 안전하지 못한 진심의 영역이었다.

"언니가 세상을 무서워했던 만큼 나도 세상이 무서웠어. 그래서 달아나고 싶었던 거야."

잡아 쥔 옷깃을 놓았다. 우리의 어깨는 비슷한 강도로 떨렸다. 우산을 쓰지 않은 덕에 두 개의 슬픔이 나란히 서로를 마주했다.

"서버에서 만났던 데이터피안원, 그거 나였어. 그때 내가 채팅으로 했던 말은 모두 내 진심이었어. 다만 아직 못한 말이 있다면……."

정말로 우리는 서로의 물질이자 반물질일까. 충돌하고 소멸하며 원망하고 걱정하며. 꼭 닮은 우리는 치열하게 서로를 향해 말없는 마음을 건네며 살았다. 매 순간을 미움이라 정의하고 부정하려 했지만 나의 짝인 너를 내 세계에서 도려내는 일은 불가능함을 잘 알고 있다. 이 우주 모든 물질에게는 짝이 있고, 꼭 맞아떨어지는 퍼즐 조각처럼 서로에게 맞춰져 결코 거부할 수 없는 에너지를 발산한다. 우리의 순간이 쌍소멸이라는 저주로 치달을 거라 두려워했지만 마음 속에는 그럼에도 놓지 못하는 의지가 있었다.

우주의 물질과 반물질은 쌍소멸과 쌍생성을 순환하며 세계를 지켜간다. 끝내 너와 나의 저주가 다시 사랑이란 쌍생성으로 이어지리란 것을, 어린 시절의 우리는 이미 알고 있었을지도 모른다. 그래서 달아나고 싶어도 끝내 달아나지 않았다. 결국 서로를 그리워하게 될 거란 걸 아니까.

"언니가 행복해지길 바랐어. 진심으로."

그녀의 목소리를 나는 언제나 이기지 못했다. 고개를 숙여 몸을 떨었다. 폭우에 젖은 눈가를 오른팔로 겨우 닦아내보았지만 진심과 섞인 빗물은 사라지지 않았다. 미안했다. 너를 이해하지 못한 게. 나와 네가 다른 걸 받아들이지 못한 게. 너의 방식으로 너를 아껴주지 못한 게.

아직 말할 수 있는 시간이 있었다. 내가 틀렸다는 말. 네가 내 짝이라 고맙다는 말. 너에게 무슨 말이든지 할 수 있었다. 오늘 너에게 주기 위해 준비한 선물이 캐리어에 있고, 데이터피안이든 어디든 너의 뜻을 펼칠 수 있는 곳에 취업해 축하한다는 말. 나는 진실로 이제는 말할 수 있었다.

오늘은 우리가 태어난 소중한 날이니까.

"내가 너한테 미안하다고 해도 되냐."

떨리는 마음을 전하려 고개를 들었을 때 너는 더 이상 내 앞에 없었다.

비가 쏟아졌다. 근래에 들어 가장 거센 폭우였다. 흠뻑 젖어버린 베란다 바닥 위에 너의 마지막 흔적만 떨어져있었다. 내가 줬던 실팔찌였다.

폭우에는 냄새가 있다. 차가운 하늘의 냄새. 몰아치는 바람의 냄새. 먼발치서부터 태어난 물의 냄새. 겹겹이 쌓인 구름의 냄새. 머리를 깨우는 차가운 감각이 온몸을 아릿하게 만들었다.

하지만 곁에 있던 냄새는 모두 사라졌다. 흐느끼던 동생의 울음에서 들려오던 어린 시절의 냄새. 한 발짝 멀어진 공간에서 나던 외로움의 냄새. 미움과 사랑을 치열히 숨겨야 했던 서러움의 냄새. 상실로 되살아나는 감각이 머리를 점점 더 아프게 깨웠다. 모든 인지 체계를 동원하여 내린 결론이 허망했다. 베란다 위의 차양이, 나 혼자 돌린 만큼 불완전하게 비를 막았다. 이미 비로 완전히 젖어버린 바닥재는 본래의 색보다 훨씬 짙어 보였다.

실내로 뛰어 들어갔다.

"엄마!"

왜 또 싸우고 그래, 기다리던 답이 들리지 않았다. 텅 빈 공간에 부딪힌 외침이 고스란히 돌아왔다.

이렇게 끝나서는 안 됐다. 아무리 우리를 훔치고 싶더라도 이렇게나 급할 이유가 뭐란 말인가. 나는 차에 시동을 걸고 나가 펜션 밖 가까운 번화가를 살폈다. 그 누구도 보이지 않았다. 아지랑이처럼 일렁이는 무언가가 줄을 잇고 하늘에 선을 만들었다. 어떤 선은 두껍고 또 어떤 선은 얇았다. 마치 우리의 영혼이 일렬로 줄을 서 세계에 마지막 획을 남기는 그림처럼.

아직 누군가 남아있을지도 몰라. 나는 사라지지 않았잖아.

10분 거리에 공항이 있었다. 수많은 사람이 드나드는 공간이니 한 사람 정도는 발견이 가능하리라. 로비에서 좌우를 살폈다. 눈물이 날 것만 같은 두려움에 아랫입술을 꽉 깨물고 사방을 둘러봤으나 나와 닮은 존재는 보이지 않았다.

스크린에는 Departure와 Arrival 문구가 빼곡했다. 하지만 만남과 작별, 그 무엇도 없었다. 분주해야 할 게이트에 주인 없는 정적이 감돌았다. 대기선 제일 앞에 서봤지만 누구도 새치기를 저지하지 않았다. 입국 게이트를 멋대로 통과해도, 휴대폰을 주머니에 넣고 검문대를 통과해도 막힘이 없었다. 사람들이 놓고 떠난 휴대폰에는 사소한 메시지 알림음도 도착하지 않았다. 모든 의사소통이 사라졌다.

익숙하지 않은 온도만 남아 나를 에워쌌다. 곁을 잃은 세상에는 여백이 가득했고 천 리 앞길이 훤히 보일 정도로 막힘이 없었다. 시야를 채워줬던 모든 이들이 사라졌다. 언제 또 여행을 오겠냐며 달아올랐던 얼굴이 기억에 남아 콧잔등을 두드렸다. 숱한 스릴러 영화가 맑은 낮부터 전개되듯이 비극은 유독 기쁜 날 펼쳐졌다. 내 허락 없이, 그 누구의 허락도 없이. 나는 덜덜 떨리는 오른손으로 뺨을 감쌌다. 데칼코마니의 왼쪽은 찢겨나가고 없었다.

전화가 울렸다. 나를 제외하고 유일하게 사라지지 않은 사람이었다.

"다행입니다. 전화를 받아서요."

도월의 목소리가 격양돼있었다. 다급함이 느껴졌다.

"부회장님…… 사람들이, 사람들이…….."

"압니다. 데이터피안원들과도 모두 연락이 되질 않습니다. 저와 하리 씨는 아마도 스페이스큐브를 갖고 있어 살아남은 것 같습니다. 제가 넣어둔 앱실론 에너지 때문에 지구인으로 식별되지 않았나 봐요. 오늘이 세상의 끝이 될 줄은 저도 몰랐습니다. 괜찮으신가요?"

괜찮을 리가 없잖아, 모든 사람이 사라졌어요, 너무 두렵습니다, SP인들이 이렇게 빨리, 무자비하게 사람을 훔쳐 갈 줄은 몰랐어요……. 하고 싶은 말이 목 끝까지 꽉 차올랐다. 그러나 나는 언제나 할 말을 참는 사람이었다. 솔직한 마음을 표현하면 그 후에 들이닥칠 결과가 두려웠기 때문이다. 그리고 알아챈 사실을 모른 척하면 현실이 바뀔 거라 믿었다.

"에스페소의 중력에 제곱 가속이 붙기 시작했습니다. 오늘 뉴네시스를 완성하고 간섭받지 않는 세계로 옮겨야만 합니다. 제선에서 해결하려 했지만 하리 씨가 필요해졌습니다."

한 걸음만 내딛어도 믿고 싶지 않은 일이 가득했다. 불안이 눈을 감을 때마다 소리 없이 불어나서 기어코 이 세상만큼 부풀고 말았다. 느껴지는 모든 게 현실이었다. 두려움으로 바꿀 수 있는 건 무엇도 없었다.

"바로 갈게요."

망설일 때가 아니었다. 얼마 남지 않은 현재를 갉아먹는 일은 삼가야 했다. 나는 사랑을 모두 상실한 후에야 내가 그들을, 누구나 빠짐없이 진정으로 사랑했음을 깨우쳤다.

도월의 말처럼 에스페소가 태양계를 빠르게 집어삼키려는지 우리의 하늘이 뒤틀리는 게 보였다. 검은 괴물의 간섭으로 세계를 이루던 중력 또한 어그러질 것이고, 공전이 해체되고, 자전축이 틀어지고, 태양과 지구의 거리는 만신창이가 되고, 목성과 화성, 금성 또한 서로를 지켜주던 거리를 상실할 거다. 시간이 없었다.

소중한 무게가 모두 사라진 차량은 올 때보다 조금 더 가벼이 앞으로 나아갔다. 도로에는 빈 차들이 어지럽게 얽혀있었다. 여기저기서 충돌로 인한 불꽃이 튀었다. 사람 한 명 없는 아비규환이었다. 누군가는 길 위에서, 또 누군가는 차 안에서 순식간에 사라졌구나. 운전대를 꽉 쥐었다. 나와 도월마저 사라지기 전에 서둘러 유토피안으로 돌아가자.

끝내 우리가 인류의 육체를 지키는 데는 실패했다 해도 영혼만큼은 지킬 수 있다. 아직 선택지가 있으니. 영혼까지 SP인들에게 양보할 순 없다. 뉴네시스를 서둘러 완성해야 해.

하늘이 급속도로 어두워지고 차 앞 유리에 살얼음이 끼였다. 폭우는 폭설로 바뀌었다. SP인들은 지구인을 통째로 빌린 것도 모자라 지구 자체를 블랙홀 속으로 밀어 넣어 폐기하려 했다. 알맹이는 삼키고 껍데기는 쓰레기통에 폐기하는 깔끔한 처리였다. 자신들보다 열등한 이들에게 관용을 베풀지 않는 족속. 도월과 걸으며 보았던 현수막이 떠올랐다. 발끝에 힘을 더 실었다.

도착한 유토피안도 적막하긴 마찬가지였다. 익숙한 숨결이 단 한 점도 남아있지 않았다. 외투 안주머니에 손을 넣어 스페이스큐브를 확인했다. 유일하게 사라지지 않은 내 몫이었다.

도월에게 도착했음을 알리자 그가 즉시 중앙센터로 와달라는 답신을 보냈다. 엘리베이터에 탑승해 중앙센터가 있는 층을 눌렀다. 인간이 사라진 공간에서 나를 도와주는 건 차가운 기계 뿐이었다. 약간의 시간이 흐른 뒤 엘리베이터에서 내린 순간 익숙한 얼굴이 보였다.

"휴가인데 왜 출근했어?"

선우였다. 그가 의아하다는 듯 고개를 왼쪽으로 갸웃거리며 내게 물었다. 짧은 순간임에도 양극단의 감정이 치솟았다. 익히 알던 얼굴을 향한 반가움과 절대 그 존재가 아닐 거란 사실로 인한 배신감이었다. 지구인을 모두 훔쳐 가고서도 끝까지 선우인 척하는 SP인이 가증스러웠다. 그를 한쪽으로 밀쳐냈다.

"하리야."

선우가 팔을 붙잡았다. 내가 알던 선우는 이런 식으로 타인의 팔을 낚아채는 녀석이 아닌데. 더군다나 힘까지 들어간 상태였다. 그는 나름대로 다급해 보였다.

"안 그래도 대안 행성 비교 때문에 골머리를 앓고 있어. 같이 자료 좀 확인해줄래? 잠깐이면 될 것 같아."

"저 다 알아요. 연기 그만해요."

"갑자기 왜 존댓말을 해, 정 없게. 사실은 일 얘기 말고 너한테 꼭 하고 싶은 얘기가 있어. 나한테 잠깐만 시간을 내줄래?"

"시끄러워요."

"그런 말 마. 무서워지잖아."

네가 할 이야기가 뭐가 있어 대체? 상대의 얼굴은 발에 밟힌 백지처럼 더러웠다. 무고한 척해도 위선이라는 오염을 감추지 못했다.

그는 선우의 완벽한 반물질이었다. 이목구비, 체형, 모질, 음성. 모든 것이 동일했다. 마음 깊이 잔존하는 그리움이 현실을 혼동하고 고개를 들어올렸다. 왜 SP와 우리는 똑같이 생긴 걸까. SP가 아닌, 또 다른 평행우주에도 우리와 닮은 녀석들이 존재할까. 왜 세계의 어떤 것은 쌍을 이루는 걸까, 아니, 이 우주에는 또 얼마나 많은 쌍이 존재할까. 나는 물음에 아무런 답도 찾지 못했다. 그저 거울을 상실하면 그리워할 수밖에 없는 우주의 숙명이 잔인할 뿐이었다.

"잠깐이면 돼."

그의 눈이 강한 호소로 번뜩였다. 연구에 집중할 때나 보이던 눈망울이었다. 어떻게 진짜 선우도 아니면서 저런 눈을 하는 건지 역겨웠다. 하지만 당차게 그 얼굴에 침을 뱉고, 목을 조르고, 사지를 꺾으며 분노하지 못했다.

어차피 지금 내가 서있는 곳은 중앙센터로 이어지는 로비였다. 마지막으로 이 개자식과 1분 정도는 대화를 나누어도 괜찮지 않을까. 바로 옆에 회의실도 있으니. 어쩌면 SP인이 내게 사과를 할지도 모른다. 이렇게까지 나쁘게 굴어 미안하다고 말이다. 그래, 1분이야. 딱 1분.

우리는 회의실로 들어가되 착석하지는 않았다.

"내게 시간이 없다는 거 알죠? 할 말 있으면 빨리 해요."

미안하다는 말을 들으면, 적어도 그를 미워하는 일만큼은 중단할 수 있으리라.

"부회장이 좀 이상하지 않아? 그 사람이 뭔가를 꾸미는 것 같아."

탄식을 뱉었다. 나는 끝까지 놀아났구나. 뻔히 보이는 덫에 걸려들었어. 그의 뻔뻔한 태도가 우습지도 않았다.

"지구인이 통째로 사라졌는데 이 상황에서도 나를 기만하나요?"

"사라지다니. 난 이렇게 네 앞에 있잖아."

"당신은 선우가 아니에요."

그가 멈칫하더니 눈을 크게 떴다. 티 나게 불편함을 내비치며 내 쪽으로 성큼 다가왔다. 확신에 찬 저 발걸음. 분명 선우의 것이 아니었다. 양의 탈을 훔쳐 쓴 늑대에게서 피 냄새가 났다.

"내가 선우가 아니면 누가 선우일까?"

"그만해요."

"정말 이상해. 왜 눈에 보이는 걸 그대로 받아들이지 않아? 보이지 않는 것들에 너무 집착하지 마. 피곤하기만 해. 설령 내가, 네가 찾던 선우가 아니라 하더라도 이 순간 선우라 믿고 이 껍데기를 끌어안으면 안전해져."

"입 다 물어요."

"사실은 나 예전부터 너를 좋아했어."

그가 나를 안으려 했다. 피가 발끝까지 빠르게 돌았다. 심장 박동이 빨라졌다. 감기몸살을 앓는 듯 한순간에 열이 올랐다. 이 온도의 빛깔은 분홍이 아니었다. 검붉음이었다. 감정의 저울이 분노 쪽으로 곤두박질쳤다. 그는 평생 내가 본 적 없는 표정을 지으며 내 쪽으로 다가왔다.

"너를 좋아해. 그러니까 나를 위해 여기에 계속 같이 있어줘. 부회장을 돕지 마."

몸 안에서 북장구가 울렸다. 마구 떨렸다. 그토록 바랐던 말을 들으면서도 치가 떨리는 분노를 느꼈다. 개자식은 느린 속도로 내 오른팔을 훑었다.

"너도 나 좋아하잖아. 아니야?"

"꺼져."

그를 뒤로 세게 밀쳤다. 역겨운 자식, 감히 너는 그 얼굴을 하고서.

"아이씨."

그가 엉덩방아를 찧은 곳에는 방치된 소나무 분재가 있었다. 끝이 누렇게 타들어 간 솔잎이 그의 부주의한 움직임 때문에 우수수 떨어졌다. 중심을 잡으려 휘적거리자 가지들이 그의 손을 할퀴었다. 까진 손에 핏방울이 맺히자 그는 분을 이기지 못하고 하얀 화분을 걷어찼다. 분명 선우가 행복한 얼굴로 고른 것이었다.

"이 쓰레기 자식이!"

나는 이성을 잃고 그의 코앞까지 다가갔다. 그는 내 두 눈을 한순간도 피하지 않았다. 촉촉이 젖어있던 눈에 고인 건 나를 향한 애정이 아닌 멸시였다. 나의 삶을 괴롭혔던 눈들과 다를 바가 없었다.

"이깟 것 좀 걷어찼다고 나한테 이러지는 마. 난 네가 거스르지 못할 존재야. 사랑하는 사람인데 아껴줘야지?"

모든 걸 다 알고 있다는 말투. 분명 나를 확실히 파악한 상태였다. 시건방진 목소리에 화가 치밀어 올라 두 손으로 어깨를 세게 타격해 벽 쪽으로 밀어붙였다. 그는 이상하게도 저항하지 않았다. 무력하게 휘둘리는 모습에 불안해진 쪽은 오히려 나였다.

"칼이라도 한 자루 가져올 걸 그랬어. 네 얼굴에다 꽂아버리게."

"과연 네가 할 수 있을까? 난 선우야. 이 얼굴을 잘 봐. 똑같잖아."

"껍데기 좀 같다고 흉내 내지 마. 확실히 다르니까."

"뭐가 그렇게 다른데?"

"전부 다."

"참 우습네."

그가 히죽거렸다.

"상황이 이렇게 되기 전까진 철석같이 날 믿고 혼자 좋아하고 혼자 마음 접고 별 난리를 다 쳤으면서. 어차피 열등한 지구인은 평생 죽을 때까지 자신이 아닌 다른 존재를 제대로 알지 못해. 그러니까 늘 그래왔던 것처럼 네 마음대로 믿고 네 마음대로 해석하면서 멍청하게 굴라니까? 이것 봐. 지금도 넌 날 보면 심장이 뛰잖아."

손에 힘이 풀렸다. 그는 나의 손아귀에서 쉽게 벗어났다. 대신에 나는 소나무 분재 화분의 흙을 한 움큼 쥐었다.

"이 소나무가 무슨 의미인지도 모르는 주제에 뭘 안다고 지껄여."

"별 시답잖은 식물에 의미 부여 할 바엔 그냥 날 안아주는 게 더 좋은 선택 아닐까?"

"……."

"착하지. 나랑 잠깐 놀다 보면 다 끝날 거야."

손 안에 흙을 잔뜩 쥐었으나 그는 관심도 없는지 다시 얼굴을 가까이 들이밀었다. 입술이 닿을 것만 같았다. 내뱉어진 그의 숨이 내 목과 어깨에 닿았다. 잠깐 동안 움직임을 멈추었다. 네 얼굴은, 내 지난 사랑이 맞이하는 완벽한 종말이었다.

"아니면 같이 SP에서 사는 건 어때? 마지막 지구인이니까 특별히 넌 따라가게 해줄게. 그 흉측한 오른뺨…… 내가 고쳐줄 수도 있는데."

귀에 닿는 목소리가 온몸의 기운을 빼앗고 나른하게 만들었다. 밀월을 속삭이는 붉은 입술은 우리 세계를 향한 몰이해일 뿐이었다. 그가 부드러운 손끝으로 오른뺨을 훑었다.

하지만 나는 이 모반조차도 내게 허락할 마음이 없어.

"미친 새끼."

얼굴을 향해 손에 쥔 흙을 뿌렸다.

"아악! 시발!"

멈추지 않고 화분의 흙을 반복적으로 퍼 개자식의 눈구멍과 입구멍에 마구 욱여넣었다. 식도 끝까지 흙을 박아 넣었다. 식물 하나 자라지 못하게 할 쓰레기 구덩이일 뿐이었다.

"영광인 줄 알아! 이건 선우가 직접 고른 거니까. 네 세상으로 돌아갈 생각 말고 여기에 갇혀서 지구랑 같이 사라져. 쓰레기야."

곧바로 회의실을 나가 밖에서 문을 잠갔다. 괴성이 들려왔다. 그가 얼굴을 부여잡고선 한 손으로는 문을 두드렸다. 평생 선우가 뱉은 적 없던 날것의 말이 쏟아졌다. 잘 닦인 유리문 너머로 세상에서 제일 아끼던 얼굴의 절규가 보였다.

서둘러 중앙센터로 향했다.

두 남자가 난투극을 벌이고 있었다. 전면의 대형 모니터에는 리빙쉘 업로딩 상황을 카운트하는 로딩 바가 펼쳐져있었으나 숫자는 0%였다. 중앙센터에서 리빙쉘 데이터를 다른 곳으로 옮기는 일은 한 번도 한 적 없었다. 도월은 중앙센터의 양자컴퓨터를 이용하여 리빙쉘의 모든 데이터를 빠르게 뉴네시스로 옮길 계획이었다. 그건 지구의 생명을 완전히 가상으로 구현하기 위한 과정이기도 했다. 저 숫자가 100을 찍는 순간, 우리가 상실한 모든 이들이 뉴네시스에서 되살아나리라.

"보안이 해제된 자리에서 전송을 시작해야 돼요!"

도월이 모이라이와 얽힌 상태로 소리쳤다.

"소용없어. 다 부숴버릴 거니까. 미개한 종족들이 주제넘은 짓거리 하게 놔둘 것 같아? 너흰 이 우주에서 싹 소멸하기만 하면 돼. 내 뜻을 거스르는 놈들은 누구도 용서치 않아!"

빨리 문제를 해결해야만 했다. 모이라이는 계속해서 발악을 이어갔고 도월이 온 힘을 다해 이를 붙잡아 막는 중이었다. 주먹까지 오가며 치열하게 격돌했다. 눈앞에 보이는 둘에 집중해선 안 됐다. 진짜 답을 얻기 위한 풀이 과정이 필요했다.

전송을 시작하라는 말은 무엇인가. 그것은 서버가 가동되고 있는 PC를 찾아 스페이스큐브를 연결하라는 말이었다. 중앙센터에는 무수히 많은 양자컴퓨터가 설치돼있다. 이 모든 기기를 모이라이의 발악에서 지켜내는 일은 불가능했다. 도월이 말한 바 역시 그것은 아니리라.

사방을 빠르게 살펴봤다. 숨바꼭질하듯 모니터는 전부 꺼져있었다. 가동 중인 녀석을 숨기기 위해 전부 잠을 자는 척 위장 중이었다. 자리마다 직원이 설정해둔 보안이 걸려있고, 아무리 도월이라 하더라도 모든 컴퓨터의 보안을 다 해제해놓진 않았을 거다. 시간상 불가능했다. 도월이 보안을 해제할 수 있는, 혹은 가장 잘 알고 있는 자리는 어디일까.

도월 본인의 자리를 살펴보았다. PC가 이미 파손돼있었다. 그렇다면.

곧장 청성의 자리에 스페이스큐브를 꽂았다. 꺼져있던 모니터를 켜니 역시나였다. 낯선 서버가 가동되고 있었다. 1%. 모니터 중앙에 숫자가 새겨지기 시작했다.

다음으로 해야 할 일은 복잡하지 않아 보였다. 업로드가 끝나면 이 스페이스큐브에는 모든 리빙셀 데이터를 품은 뉴네시스 시스템이 완성된다. 17%. 스페이스큐브는 특별한 장치로, 내장된 프로그램을 자체 구현한다고 했다. 그 말은, 큐브만 파괴되지 않는다면 뉴네시스도 위협받지 않는다는 의미였다. 25%. 그렇다면 다음 목표는 명확하다. 34%. 이 스페이스큐브를 어디에 숨겨야 영구적으로 안전히 지킬 수 있을까? 46%. 이 과제야말로 인류의 존속을 책임질 마지막 열쇠다. 61%. 유토피안의 어딘가에 숨기는 건 의미가 없다. 지구가 멸망하기 전에 건물이 먼저 무너질 것이고, 물리적인 요소는 모두 에스페소에 집어삼켜져 해체될 거다. 77%. 그렇다면 도대체 어디로 보내야 하지.

쾅. 청성의 자리로 돌연 물체가 날아왔다. 모니터에 커다란 금이 가고 화면이 반쯤 노이즈에 침식당해버렸다. 모이라이가 던진 의자였다. 82%. 나는 서둘러 본체를 감쌌다. 모니터는 상관없다. 본체만 살아있다면 업로딩은 마칠 수 있으니.

도월이 모이라이의 두 팔을 다시 포박하려 했으나 청성처럼 SP 유토피안의 최연소 보스라는 그의 타이틀이 이럴 때는 독이 됐다. 쓸데없이 젊은 그가 상체를 마구 비틀며 포박에서 벗어나려 했다.

"왜 가상세계를 만드는 일까지 허락하지 않으려는 거죠!"

도월이 마지막 힘을 다해 그를 뒤에서 끌어안아 움직임을 막왔다. 하지만 안긴 자는 품을 달가워하지 않았다. 88%. 모이라이가 이를 악물고 도월을 밀쳐내더니 재빠르게 머리채를 쥐어 책상에 몇 번이고 처박았다. 피가 뚝뚝 떨어졌다. 정신을 잃은 도월은 떨어지는 솔잎처럼 바닥으로 가라앉았다. 이제 남은 타깃은 나였다.

"벌레의 몸을 태우고 구멍에 불을 지르며 노는데, 제멋대로 도망가면 화가 나, 안 나? 잡아 죽여야지. 행여나 다른 놈들도 희망을 못 가지게."

본체 하단에 설치된 버튼을 눌러 긴급 모드로 전환했다. 모든 코드 선을 뽑아냈다. 이 상태라면 본체에 비축해둔 긴급 전력을 사용하여 무선으로 서버 연결이 진행될 터였다. 한계는 30분이지만 충분한 편. 94%. 저 개자식이 다가오기 전까지 본체와 스페이스큐브만 지켜내면!

"헛수고야."

모이라이의 발이 나의 등에 꽂혔다. 내장까지 뒤틀리는 아픔이었다. 나는 침을 흘리며 본체를 놓쳤다. 그는 망설임 없이 근처의 의자를 높게 집어 들었다. 본체에 내리꽂아 망가트리려는 생각이었다. 막아야만 했다. 그의 팔이 위로 솟구치고는 즉시 아래로 붕 내려왔다.

"으윽!"

"다채롭게 설쳐대네, 정말."

간신히 몸을 날려 본체를 감쌌다. 중앙센터 의자, 이렇게까지 묵직한 걸로 구비해둘 필요가 있었을까. 시간을 되돌릴 수만 있다면 몽땅 경량 의자로 바꿨을 거다.

의자에 강타당한 몸이 사시나무처럼 떨렸다. 두개골이 진동하는 감각이었다. 중력 가속도가 곱해진 폭력의 무게가 곱절로 버거운 충격을 전했다. 어지러웠다. 구역질이 나려했다. 모이라이가 내 어깨를 잡아끌었다. 95%. 먼지같이 힘없이 치워진 나는 떨리는 몸을 겨우 가누고 정신을 차리고자 했다. 그가 자비도 없이 다시 의자를 집어 들었다. 막아야만 해. 본체가 망가지면 업로딩을 완료할 수 없다. 우리에게 '다시 한번'의 기회는 없을 거다.

쾅. 본체 프레임 위로 끝내 의자가 내리꽂혔다. 모퉁이가 움푹하게 패였다. 중앙센터 스크린 화면이 통신 오류로 지지직거렸다. 97%. 아직 망가진 건 아니었다. 얼마 남지 않았다. 하지만 두 번은 버티지 못하리라. 정신이 돌아왔으나 등 통증 때문에 움직임이 둔해졌다. 모이라이는 멈추지 않고 다시 의자를 집어 들었다.

"왜 우리의 이름이 유토피안인지 알고 있을 텐데. 우리는 말이야, 절대 대적할 자가 없는 완벽의 경지를 원해. 완전한 사회를 원한다고! 같은 마음으로 지구인들도 온갖 이기적인 짓을 자행해온 거 아닌가? 그런 주제에 감히 SP의 뜻에 흠을 남길 순 없어."

이대로 끝일까. 이리도 허무하게.

"제발 그만해!"

뒤쪽에서 도월이 급습했다. 그가 몸을 던져 막아낸 덕에 의자는 본체가 아닌 엉뚱한 곳에 처박혔다. 도월의 얼굴 윤곽을 따라 계속해서 피가 흘렀다. 간절함과 무자비함이 빠르게 뒤엉켰다. 모이라이가 날카로운 눈으로 죽일 듯 노려보더니 도월의 목을 부여잡았다.

"얌전히 굴면 너희 둘 마지막은 좀 편했을 텐데 말이야."

"이렇게까지 우리를 끝장낼 필요는 없잖아!"

모이라이의 손끝이 빨갛게 변했다. 도월의 얼굴은 하얗게 질려갔다. 나를 제외한 마지막 인간이 죽음을 목전에 뒀다. 지지직거리는 스크린에 뜬 숫자는 단 한 걸음만 남긴, 99%였다.

SP인들에게 필요한 건 인류의 생명력이지 영혼 말소가 아닌데 왜 이렇게까지 괴롭히는 걸까.

"너흰 벌레가 위험해서 죽이니? 허락도 없이 나를 거슬리게 하니 죽이는 거야. 멍청한 너희들 또한 너희보다 더 열등한 생명체를 죽이는데 아무런 거리낌을 느끼지 않았잖아. 반항하면 오히려 씨를 말려버리잖아! 살려뒀다간 내게 보복할 게 뻔한데, 벌레처럼 너희도 씨를 말려버려야 하지 않겠어? 그리고 이렇게까지 반항하는 놈들은 지구인이 처음이라 기분이 존나게 더럽거든. 너희 때문에 내 자존심도 상했다고! 날 그렇게 고까운 눈으로 보지 마. 너흰 대안 행성의 좌표가 사실은 SP 공장의 지하 살육실인 것조차 몰랐잖아? 이 우주에서 무지는 곧 멸종이야. SP 유토피안의 수장인 내겐 이럴 자격이 충분……."

이번엔 내가 그의 머리통 위로 의자를 내리쳤다. 머리를 가격당한 모이라이는 단말마의 비명을 지른 후 고꾸라졌다. 평행우주인을 죽여도 살인이 아니라면, 그냥 네 놈이 뒤졌으면 해.

이윽고 100%. 바다에 빠졌다 살아난 사람처럼 도월이 급하게 숨을 몰아쉬며 기침을 뱉었다. 나는 서둘러 본체에서 스페이스큐브를 분리했다. 다음이 문제였다.

"하리 씨, 이제 마지막 단계입니다. 이동실로 내려갑시다."

중앙센터 천장이 흔들리기 시작했다. 환했던 전등불이 불안하게 깜빡거렸다. 지진 감지 센서가 작동되며 요란한 사이렌이 울렸으나 이 느낌은 지진이 아니었다. 오히려 어딘가로 송두리째 뽑혀가는 느낌이었다. 중심을 잡기가 어려웠다. 창문 밖으로 바라본 세계에는 아무런 빛이 남아있지 않았다. 태양계는 에스페소의 목구멍 앞까지 도달했을지도 모른다. 우리의 세계가 사라지는 속도는 생각보다도 훨씬 빨랐다. 도월과 함께 이동실로 향했다.

로비에선 아직 회의실에 갇힌 녀석의 울부짖음이 울려 퍼졌다. 꺼내달라 요동치는 실루엣을 태연하게 지나쳤다. 우리가 할 수 있는 유일한 복수였다. 엘리베이터가 더 작동하지 않는 바람에 비상계단을 끝도 없이 내려갔다.

"이게 최선이라니 아직도 믿기지 않아요."

이제야 나는 떠들 힘이 생겼다.

"슬프죠. 무섭고."

"모든 걸 다 지킬 수는 없었을까요?"

"모든 걸 다 지킨다는 말은, 사실 아무것도 지킬 필요가 없다는 말과 같아요."

이동실 앞에 섰다. 도월은 초월선의 상태를 점검했다. 이상은 없었다.

"소중한 걸 하나라도 지켰다면 분명 최선을 다한 겁니다."

나는 침묵하며 고개를 끄덕였다. 스페이스큐브는 아직 내 손에 있었고 도월은 초월선에 입력된 SP 좌표를 수정하며 말했다.

"유렌델로 스페이스큐브를 보냅시다. 우리가 발견한 지구와 가장 먼 행성이니까요. 그 스페이스큐브는 충분히 자체 시스템을 가동할 수 있고, 내가 거기에 앱실론까지 넣어뒀으니 무한에 가까운 시간 동안 보존될 겁니다."

초월선에 좌표가 입력되니 문이 열렸다. 하지만 나는 이게 정답이라고 생각하지 않았다. 유렌델은 지구와 가장 멀지만, 고작 130억 광년의 거리일 뿐이다. 포털을 이용해 차원을 넘나드는 SP인들이 마음만 먹으면 산책처럼 다녀올 거리였다. 우리가 모이라이의 뜻에 굴복하지 않았고 공격까지 했다는 걸 알면, SP인들이 우리를 궤멸시키기 위해 끝까지 추적할 것이다. 정말로 아무도 모르는 장소로 가야만 했다. 그런 곳이 세계에 존재할까? 존재하지 않을 거라는 생각이 퍼뜩 들었다. 그렇다면 도대체 어떡해야만 한단 말인가. 그냥 도월의 말에 수긍하고, 어차피 다 끝난 거 이래도 죽고 저래도 죽으니 유렌델로 가버려도 된다. 거기에서 우릴 추적한 SP인들에게 죽임을 당하고, 인류의 멸종을 맞이할 수도 있다. 어차피 나는 뉴네시스라는 가상세계에서 태어나길 바란 적도 없으니까.

하지만 그 세계에 예리의 넋이 있다면. 내가 외면한 수많은 외로운 존재들이 바랐던 세계가 있다면.

평소처럼 그런 건 존재하지 않는다고 부정하면 사라지는 자들의 세계였다. 나는 끝까지 이기적으로 굴 수도 있는 사람이었다. 사라진 나의 반존재에게 영원한 안녕을 고하며 혼자만 멋진 최후를 맞이해도, 지금 이 순간 나를 비난할 사람은 누구도 없었다.

그러나 나는 그럴 수가 없었다. 폭우가 쏟아지는 날 어깨와 머리를 비에게 내어주는, 다분히 어리석은 짓을 해야만 했다.

SP인들이 멋대로 열어놓은 포털은 우리가 알지 못하는 기술로 지구인들을 훔쳐갔고, 여전히 닫히지 않았다.

"부회장님, 우리가 만든 초월선으로는 SP인들을 뛰어넘지 못합니다. 포털을 타요."

"포털을 탄다고요? 이 포털도 좌표 맵에 입력된 곳으로 우리를 보내줄 뿐입니다. 초월선을 타는 것과 다르지 않아요."

"아닙니다. 차이가 있습니다. 초월선은 좌표를 입력하지 않으면 움직이지 않지만 포털은 지금 이 순간에도 열려있어요."

"아무런 좌표도 입력되지 않은 곳으로 가자는 말입니까?"

"그렇습니다."

"어디로 갈 줄 알고요?"

"어디로도 가지 못할 겁니다. 목적지가 없으니까요."

포털은 우리의 과학을 초월한 브릿지를 생성한다. 좌표 맵에 입력된 곳이라면 어디로든 연결해주는 브릿지. 어떤 차원으로든 갈 수 있다. 그러나 좌표 맵을 공란으로 비워둔다면 어떨까. 어쨌거나 브릿지는 살아있고 포털은 워프 작업을 반복하고 있다. 다만 목적지가 없다. 우리는 인간이니 그 자체로 입장 티켓이 되고.

이 세상 어디에도 닿지 않는 곳. 그 누구에게도 관측되지 않는 상태. 출발과 도착의 경계가 흐려진 중첩의 세계.

나는 서둘러 좌표 맵 네트워크에 접속했다. 일전의 실험에 사용된 대안 행성의 우주좌표가 빼곡히 입력된 상태였다. 모든 목적지를 공란으로 비우는 작업을 시작했다. 이 좌표를 모두 지운다 해도 포털은 닫히지 않는다. 열고 닫을 자유를 SP가 우리에게 허가한 적이 없기에. 다만 목적지를 상실한 상태에서 온갖 차원이 포털 너머에 중첩된 상태로 존재할 거다. 어디로든 도착할 수 있기에 그 어디로도 도착하지 못한다. 영원히 관측되지 않는 브릿지 속에서 스페이스큐브는 머물게 된다. 뒤이어 목적지를 입력해도, 이미 포털이 삼킨 존재들은 출발을 한 상태이니 목적지로 소환되지 않는다. 1과 0이 만드는 공란의 세계다.

도월이 대답했다.

"무슨 말인지 이해했습니다."

그는 이제야 안심이 되는지 벽에 어깨를 기댄 채로 주저앉았다. 소매 끝으로 턱에 말라붙은 핏자국을 닦았다.

"하리 씨."

"네."

"뉴네시스를 지키는 일과 관계없이 우리 또한 무조건 죽게 됩니다. 포털을 탄 후 무한한 시간 속에서 죽든, 이 공간에 남겨져 건물에 깔려 죽든지요."

"압니다."

"두렵지 않습니까? 저는 이제야 두렵습니다."

낯선 모습이었다. 우는 것도, 웃는 것도 아니었다. 모든 게 끝이라는 걸 체념한 순간 모든 감정이 겹쳐진 얼굴이었다. 죽는 순간이 두렵지 않다면 거짓말이겠지. 서로의 어깨를 두드려줄 만큼 우리는 가까운 관계가 아니었다. 부회장과 연구원, 그뿐이었다. 하지만 직급과 무관하게 지금 이 순간에는 서로가 엇비슷한 존재로 여겨졌다.

"부회장님이 앞장서 만든 세계가 아닌가요? 데이터피안 장의 긍지를 잃지 마세요."

"제가 청성이의 꿈을 좌절시킨 걸지도 모릅니다."

"무슨 말씀이시죠."

"우주의 획이 되겠다는 꿈이요. 그가 바라는 건 모두 증명해 주겠다고 다짐했는데 저는 오히려 모든 존재를 선이 아닌 점으로 격하시켰습니다. 그래서 두렵습니다."

좌표 맵의 데이터를 말끔하게 지웠다. 역시나 포털은 목적지가 없어도 닫히지 않았다. 마지막 미션을 나의 손으로 완료했다.

"꼭 획을 그을 필요가 있습니까. 작은 점도 한 방향으로만 찍으면 선이 됩니다."

그때 이동실 문이 열렸고 우리를 뒤쫓은 모이라이가 맹렬히 돌진했다.

"이 쥐새끼들!"

도월이 곧장 그의 접근을 막으려 온몸으로 방어했고 둘은 뒤엉키며 쓰러졌다. 인간의 생명력을 탐하던 존재답게 목숨이 끈질겼다. 지구가 끝장나기 전에 우리를 죽이고, 이 포털을 통해 SP로 돌아가려는 게 분명했다.

이동실 천장이 붕괴되며 바닥으로 추락했다. 건물 벽 또한 무너졌고 그 잔해들이 엉켜있는 둘을 둘러쌌다. 모이라이가 눈을 부라리며 부러진 철근을 집어 도월에게 휘둘렀다. 둘은 각자의 목숨을 걸고 싸웠다. 나는 도월이 살아남아 함께 포털을 탈 수 있길 바랐지만 뜻처럼 수월히 이뤄지지 않았다. 도월은 결정적인 순간에, 끝까지 상대의 얼굴을 향해 모질게 굴지를 못했다. 데이터피안이 유토피안에 그러했듯이. 인간 윤도월이 이청성에게 그러했듯이.

돕고 싶었지만 여의치 않았다. 천장이 계속 무너지는 탓에 접근이 불가능했다. 엎치락뒤치락하던 중 수모를 설욕하듯 모이라이가 벽돌로 도월의 머리를 가격했다. 그가 전신을 휘청이며 쓰러지자 모이라이가 복부에 올라타 다시 목을 쥐었다. 도월은 아까처럼 숨을 저당잡힌 채로 고통스러워했다.

뜻밖의 상황이 펼쳐졌다. 포털이 조금씩 좁아지기 시작했다. 좌표 맵을 공란으로 유지해도 형체가 유지될 줄 알았는데 입구가 가장자리부터 사라졌다. 시간이 없었다. 도월이 SP인에게 죽는 건 인류 최대의 모욕이 될지도 몰랐다. 하지만 구하러 갔다가는 포털을 탈 수 없다. 포털은 살아있는 인간을 입장 티켓으로 요구하기에 누군가는 스페이스큐브를 들고 뛰어들어야만 했다. 어차피 이래도 죽고 저래도 죽는 내 목숨이지만, 개죽음보다는 명예로운 우주 미아가 나았다. 머리를 쥐어뜯었다. 정말로 시간이 없었다.

"청성아. 나는……."

"닥쳐. 내 손에 죽은 그새끼가 지옥에서 널 부르는 소리가 들리나보지?"

"네가 아닌 나를 위해 증명하라는 네 말이 고마웠다……."

"하, 시발! 죽기 전에 개소리하는 건 종족 특성인가!"

모이라이가 도월의 목을 잡고 위아래로 마구 흔들었다. 움직임이 격해질 때마다 도월의 눈동자는 오히려 더 편안해졌다. 저항하던 손이 다리 옆에 놓였다. 손가락이 바지 주머니 안을 파고들며 조금씩 움직였다. 무언가를 망설이는 듯 속 시원히 움직이지 않고 연거푸 머뭇거렸다. 진실로 종말을 목전에 둔 상태였다. 이렇게 또 결정적인 순간에, 가장 사랑했던 모습을 한 상대를 이기지 못하고 모든 걸 포기해버리는 걸까.

"그래서인지 가족을 갖고 싶다는 네 말이 잘 잊히지가 않더라……."

"죽어!"

"……이해가 되더라."

힘없이 움직이던 손으로 도월이 주머니에서 꺼낸 물체는 백금 만년필. 청성이 오직 도월에게만 쥐어줬던 훈장이었다. 청성과 도월, 두 존재가 한 쌍임을 증명하던 펜촉이 그대로 도월의 손에 이끌려 모이라이의 목 오른편에 꽂혔다. 도월은 스스로가 규정한 한계를 마지막에야 뛰어넘었다. 그마저도 사랑했던 사람이 살아갈 세계를 위하여.

모이라이의 목에서 새파란 죽음이 쏟아져 나왔다. 펜이 박힌 목을 부여잡고 쓰러지는 그리운 얼굴을 도월이 감싸 안았다. 선명한 액체 줄기가 둘을 타고 흘렀다. 도월은 정신이 어지러운 듯 눈을 감았고, 무너진 건물 잔해가 파도처럼 와르르 쏟아져 둘을 덮쳤다.

고개를 돌려야만 했다. 이 세계가 끝나려 할 때 내가 할 수 있는 일을 해야만 했다. 그것이 최선이고 곧 나의 삶일 테니까. 스페이스큐브를 쥐고 포털 안으로 달려갔다.

　브릿지의 세상에는 색이 없었다. 혹은 모든 색이 다 있거나. 둥그런 끈처럼 휘어진 차원이 나의 몸을 잡아 늘이고, 또 짓뭉개 작은 점으로 만들기도 했다. 이름 붙이지 못할 차원이 이끄는 대로 여기저기를 부유했다. 스페이스큐브는 도월의 말대로 파괴되지 않았다. 나는 이 작은 기기 속에서 무한히 살아갈 세상과 함께 평생을 떠돌 터였다. 귓가에 윙윙거리는 이명이 들렸다. 육체가 더 버티지 못하고 삶을 포기하면, 나는 비로소 데이터로 환생할 테지.

　차원은 두려운 광야였다. 어디가 끝이고 어디가 시작인지 알지 못했다. 원형의 도화지 위에 내가 겪었던 모든 과거가 펼쳐졌다. 주마등이 아니었다. 눈앞에 구현되는 과거의 차원이었다. 어린 나와 예리가 보였다.

　몸이 비에 젖은 것처럼 차가워졌다. 어쩌면 현실을 인정하지 못하고 치열하게 달아나려 했던 건 동생이 아니라 나였는지도 모른다. 남들처럼 살면 내가 겪은 아픔이 사라질 거라 믿었다. 하지만 아무리 살고, 또 살아도 결핍은 해소되지 않았다. 사람들은 손가락질을 거두지 않았고, 오른뺨에 돋아난 그들과의 차이점은 사그라들지 않았다. 나의 반물질은 예리가 아니라 나를 둘러싼 세상 그 자체였다.

우리의 모든 마음은 그 질량에 준하는 반작용을 만들어낸다. 이 세계에 의지할 건 무엇도 없다며 마음을 닫은 순간, 온 세계가 나의 반물질이 되어버렸다. 그런데도 나는 끊임없이 미움의 뿌리를 동생에게서 찾으려 했다. 그녀가 나와 닮았다는 이유로.

몸이 나른해지며 눈이 감기려 했다. 편안히 힘을 빼고 공상에 빠졌다. 만약 우리 자매에게 아무런 모반도 없었다면 어땠을까? 주눅 들지 않고 당당하게 살았을까. 엄마가 날 위해 학교까지 찾아올 일도 없었을까. 동생에게 먼저 위로를 건네는 사람이 됐을까. 선우를 지켰을까. 나의 세계는 정말로 안온하고 평화로웠을까.

답을 내리지 못했다. 만약 모반이 없어도 우리에게 고난이 있다면, 그럼 그 인생은 지금보다 훨씬 더 잔인하고 비극적일까? 좋은 조건을 가져도 힘들게 산다는 결과니까? 정말로 내가 바랐던, 모두에게 인정받고 평화롭게 살아가는 인생이 존재했을까. 무수히 많은 평행우주에 그런 내가 존재할까.

함께 살아갈 세계를 위하여 기꺼이 껍데기까지 버릴 준비를 했던 데이터피안의 의지를 복기했다. 그건 외로웠던 동생의 선택이기도 했다. 그녀는 싸우고 있었다. 단지 내가 그 아우성을 듣지 못했을 뿐. 자신이 바라던 세계를 이룩하기 위해서 핍박받고, 멸시받는 일을 감행했다.

우리가 바라는 안온이란, 끔찍하고 역겨운 것들을 이겨내야만 주어지는 것이었다. 용기를 내 그것들과 살을 부비지 않으면 쥐어지지 않는, 얄미운 가치였다. 동생과 그녀 곁의 사람들이 만든 세계가 바로 그 싸움의 전리품이었다.

눈이 완전히 감겼다. 주먹을 쥐고 가슴을 두드려도 깨어나지 않았다. 아직 나는 깨어있으니까. 앞이 보이지 않을 뿐 느끼는 모든 게 현실. 지독한 공空의 세계에 홀로 살아남은 절망적인 상황과 모든 사람을 다 잃었다는 사실까지. 어느 하나 바꿀 수 있는 게 없네. 추웠다. 시린 온도가 뼈마디를 훑고 올라왔다. 등줄기를 따라 서글픔에 온몸이 저미는 것 같았다. 물에 빠진 털실처럼 온몸이 가라앉는 듯했다. 고요해진 머리를 헤집는 음성이 들렸다.

소중한 걸 하나라도 지켰다면 최선을 다한 겁니다.

도월이 마지막으로 굳게 잡았던 만년필에는 반짝임이 있었다. 그 작은 빛을 믿어야 한다. 모든 일이 끝난 게 아니다. 새로운 시작이 있다. 전송된 인류는 데이터로 다시 살아나 1과 0의 역사를 써내려 가리라. 지난한 싸움은 끝이 났지 않은가. 비록 우리는 손에 잡히는 모든 것을 잃었지만 눈에 보이지 않는 모든 것을 지켰다. 힘겹게 눈꺼풀을 끌어올려 차원을 바라봤다.

하얀 패딩을 입은 그리운 사람의 얼굴, 그와 출장을 갔던 날을 담은 영상, 첫 월급으로 엄마와 외식을 하던 날, 동생에게 줄 선물을 캐리어에 넣던 순간, 사소한 일상들. 어리숙한 선택만 하며 살았던 나인데 지난날을 돌아보니 이리도 추억이 가득했다. 부족한 내 삶은 오늘까지 꾸준히 이어져왔던 거다. 굵직한 선이 되지 못했어도 괜찮다. 삶이란 결국 수많은 점이 모여 하나의 획으로 가는 길이니까.

인류의 지상 과제가 존속이었다면 나의 지상 과제는 무엇이었을까. 내가 지키고 싶은 것은 또 무엇이었을까. 한마디로 말하진 못하겠다. 확실한 건, 지구에서 태어나 누군가를 사랑했고 그 누군가를 위해 노력한 흔적이 남았다. 인류의 획 속에 '나'라는 점으로.

청성을 지키고 싶었던 도월의 마음 곁에 나의 마음도 놓아둘 시간이 왔다. 나는 내가 자랑스럽다. 우리의 세계와 우리의 미래가 자랑스럽다. 그러니 이제는 울어도 좋겠다. 신세계에서 다시 시작될 인류를 위하여. 더는 누구에게도 빌려주지 않을 소중한 것들을 위하여.

눈꺼풀에 매달린 감정마저 얼어붙을 만큼 춥다. 힘이 풀린다. 무한한 차원 속에서 천천히 눈을 감았다. 반가운 졸음이 쏟아진다. 나는 이제 꿈을 꾸고 싶다. 잃어버린 내 데칼코마니를 찾는 행복한 꿈을.

6

책은 끝이 났다.

방으로 달려가 모든 일이 시작된 상자를 다시 열었다. 사진과 실팔찌. 혼돈과 절망이 스쳐 지나간 자리에 희망이 남듯이 결국 이 물건이 불러온 건 새로운 시작이었다. 나를 둘러싼 모든 게 나를 응원하고 있었다. 서둘러 깨어나기를. 내가 되찾지 못한 것을 되찾기를.

물 한 컵을 떠 베란다로 향했다. 창을 활짝 열어 피부로 바람을 느꼈다. 바닥에 놓인 소나무 분재에 물을 주었다. 한구석이 움푹 파여 균일하지 못한 흙을 손으로 어루만져 평평히 정리했다. 마지막 날의 아픔을 다독이듯.

책을 덮어 다시 책장에 꽂아두었다. 책이 제자리에 놓이자 마치 스위치를 켠 듯 책장에서 환한 빛이 나왔다. 눈이 부셔 손으로 얼굴을 잠깐 가린 후 다시 앞을 보니 꽂혀있는 모든 책에 제목이 새겨졌다. 내가 좋아했던 소설과 에세이, 학창시절이 담긴 졸업앨범, 엄마가 즐겨 읽던 잡지. 지구에서 살던 시절 우리 가족이 공유했던 모든 기록이 되돌아왔다. 어떤 책을 펼쳐도 빈 페이지가 없었다. 처음부터 끝까지 빼곡히 채워진 글과 사진들이 반가웠다. 이미 모든 게 완성된 책장이었구나. 내가 읽으려 하지 않았을 뿐.

"기분이 어때?"

어느새 내 뒤에는 예리가 있었다. 나는 쉬운 수학 문제를 푸는 것처럼 망설임 없이 대답했다.

"홀가분해."

"잃어버린 건 찾았어?"

"당연하지."

"그게 뭐였는지 말해줘."

"내가 늘 진심을 말하지 못하고 도망치는 사람이었다는 사실. 욕심대로 사느라 많은 걸 망치는 사람이었다는 사실."

"그리고 또?"

"그럼에도 불구하고, 너와 나의 세계를 진심으로 사랑했다는 사실."

예리는 양쪽 송곳니가 다 보일 만큼 활짝 웃으며 두 팔을 벌렸다. 나는 주저하지 않고 그녀에게 뛰어갔다. 누가 안고 안기고를 구분하지 못할 만큼 우리는 온 힘을 다해 서로를 품었다.

"잘 왔어."

"내가 늘 미안했어. 그리고 고마워."

"나도."

거울에 비친 나의 얼굴을 보았다. 이곳의 우리에게는 아픈 뺨이 없었다. 그녀는 내게 슬픔을 지운 세계를 선물했다. 나는 이 공간의 가치를 비로소 받아들였다.

우리는 현관문 앞에 나란히 섰다.

"이 문 밖에 정말로 모든 사람이 다 있는 거야?"

"옵션을 변경하지 않은 사람들은."

"변경을 했다는 건……."

"누군가의 가족으로 살길 선택한 사람이 있어. 나는 그 사람이 사랑하던 이의 가족으로 태어나길 기다리고 있어."

손을 굳게 잡았다. 나의 오른손과 그녀의 왼손이 맞닿았다.

문밖의 보랏빛 풍경은 변함이 없었다. 한 걸음씩 바깥으로 나아가보았다. 날 가두었던 벽을 향해 발을 뻗었다. 발등, 발목, 무릎, 가슴, 코끝, 눈과 정수리. 몸이 현관문을 통과해 새로운 땅을 밟았다. 축축한 흙으로 이뤄진 바닥에는 군데군데 풀꽃이 피어있다. 우리가 함께 숨을 나누었던 지구의 온화함이 모든 대지에 깃들었다. 두 팔을 위로 힘껏 뻗었고, 굳어있던 몸이 풀어지자 피가 돌았다.

뒤를 돌아보니 나를 가두었던 집은 주홍 벽돌과 녹색 지붕으로 이뤄진 작은 공간이었다. 구름 한 점 걸리지 않은 단층 주택이 아름다웠다.

"언니를 기다리는 사람이 있어."

그녀의 손가락이 먼 끝을 가리켰다. 앞으로 쭉 이어진 땅 위에서 누군가 팔을 흔들며 나를 불렀다. 눈을 가늘게 떠 흐릿한 실루엣을 살펴보았다. 이 세계의 처음을 반겨주는 이를 향해 서둘러 달려갔고, 내 세계는 점점 더 또렷해졌다.

"오랜만이야."

재채기처럼 새어 나오는 웃음을 숨기지 않았다. 보고 싶었다는 말, 그리웠다는 말, 그 모든 말 대신에 나는 그를 와락 안았다. 예리를 안았을 때와는 다른 감정이 피어났다. 맞닿은 가슴으로 서로의 울림이 퍼졌다. 1과 0으로 된 두 인간 사이. 이 격정만큼은 데이터가 아니었다. 쿵쿵거리는 소리를 공유하는 동안 나를 안은 그의 팔에도 힘이 들어갔다. 처음으로 안아보는 사람에게는 작은 마음에 다 담지 못할 설렘이 있었다.

머리 위에서 점처럼 물방울이 쏟아지더니 보랏빛을 품은 비가 내렸다. 곧이어 폭우로 쏟아지는 빗방울 속에서도 우리는 두려워하지 않았다. 광활한 공간을 포용하는 비에는 그리움과 반가움, 전하지 못한 사랑이 섞여있었다. 두 팔을 활짝 뻗어 폭우 속에 안겼다. 두려워하는 이도 외로운 이도 없으니.

너의 눈에 담긴 나는 어떤 모습일까. 앞으로 계속될 시간 동안 알아가고 싶다. 모든 긴장과 위협에서 벗어나 우리는 얼굴을 맞댔다. 내 세상의 시작을 위해 나는 아끼던 이름에게 첫인사를 전했다.

"많이 좋아해. 정말로."

그의 뒤편에는 1과 0으로 이뤄진 세계가 끝도 없이 펼쳐졌다. 손에 쥐었던 모든 걸 잃어버렸다 해도 이제는 슬프지 않았다. 보이지 않는 감정이 1과 0을 초월하여 세계를 관통했다. 무한한 점이 돼 사라지지 않을 획으로, 그 누구에게도 빌려주지 않을 마음으로.

쏟아지는 폭우 속에서.

끝.

작가의 말

올해, 운이 좋아 SF 작품 세 편을 집필하게 되었습니다. 메인 키워드는 인간, 우주, 초지능이었고요. 《폭우 속의 우주》의 키워드는 그중 '우주'였습니다.

역삼도서관에서 진행하는 저자 특강에서 우연히 '기술 유토피아'라는 개념에 대해 알게 됐어요. 과학과 기술이 인간의 삶을 유토피아로 인도한다는 누군가의 생각은 제가 2022년에 집필한 SF 작품에 큰 영향을 줬습니다. 물론, 일단 반대로 상상하고 보는 청개구리 작가답게 《폭우 속의 우주》는 기술 유토피아의 등불이 되려는 작품은 아니었습니다.

여러분은 내가 아닌 존재를 어디까지 사랑할 수 있나요? 우리의 세계에는 '이해와 수용'이라는 아름다운 단어 밖으로 밀려나는 존재들이 있습니다. 과거에도 있었고, 현재에도 있으며, 앞으로도 있을 거예요. 훌륭한 과학과 기술, 언젠가 우리가 밟게 될 찬란한 우주가 그들을 품어줄까요? 저는 지금 당장 곁에 있는 친구들조차도 때로는 의심합니다. 나를 언젠가 떠나지 않을까 하고요. 저라는 사람은 늘 용기가 부족하여, 똑 닮은 존재마저도 온전하게 사랑하지 못합니다.

그래서 《폭우 속의 우주》를 썼습니다. 폭우가 내리는 날, 안락한 곳에서 타인을 관망하고 싶지 않습니다. 기꺼이 폭우를 함께 맞는 사람이 되길 바랍니다. 나와 닮은 당신과 쌍소멸 대신 쌍생성 하기를, 육체가 사라져도 이 우주에 연결되어 남기를 바랍니다. 우리의 세계를 많이 사랑한다는, 조금은 쑥스럽고 부끄러운 그 말에 흠뻑 젖을 줄 아는 사람이 되고 싶습니다.

늘 쓰는 기회를 주시는 독자님들, 저의 글을 처음 알아보신 〈조금 적어도 좋아〉 프랭코 님과 대가 없는 응원을 보태주는 나의 친구들, 스치는 모든 순간에 영감으로 남아준 무수한 인연들 감사합니다.

마지막으로, 괴로워도 쓴 과거의 나에게 가장 감사합니다.

폭우를 바라는 한낮에,
청예

폭우 속의 우주

2023년 11월 8일 초판 1쇄 발행

지은이 청예
펴낸이 박시형, 최세현

책임편집 김혜정 **디자인** 윤민지 **교정교열** 조희진
마케팅 권금숙, 양근모, 양봉호, 이주형 **온라인홍보팀** 신하은, 현나래, 최혜빈
디지털콘텐츠 김명래, 최은정, 김혜정 **해외기획** 우정민, 배혜림
경영지원 홍성택, 김현우, 강신우 **제작** 이진영
펴낸곳 팩토리나인 **출판신고** 2006년 9월 25일 제406-2006-000210호
주소 서울시 마포구 월드컵북로 396 누리꿈스퀘어 비즈니스타워 18층
전화 02-6712-9800 **팩스** 02-6712-9810 **이메일** info@smpk.kr

ⓒ 청예 (저작권자와 맺은 특약에 따라 검인을 생략합니다)
ISBN 979-11-6534-835-9 (03810)

쌤앤파커스(Sam&Parkers)는 독자 여러분의 책에 관한 아이디어와 원고 투고를 설레는 마음으로 기다리고 있습니다. 책으로 엮기를 원하는 아이디어가 있으신 분은 이메일 book@smpk.kr로 간단한 개요와 취지, 연락처 등을 보내주세요. 머뭇거리지 말고 문을 두드리세요. 길이 열립니다.